会 讲 故 事 的 童 书

诗词里的中国故事 4

家国情怀篇

瞳木 著

文化发展出版社
Cultural Development Press
·北 京·

图书在版编目（CIP）数据

诗词里的中国故事. 4，家国情怀篇 / 瞳木著
. —北京 ：文化发展出版社，2023.12
ISBN 978-7-5142-3949-2

Ⅰ. ①诗… Ⅱ. ①瞳… Ⅲ. ①古典诗歌－诗歌欣赏－中国 Ⅳ. ①I207.22

中国国家版本馆CIP数据核字(2023)第211157号

诗词里的中国故事. 4 家国情怀篇

著　　者：瞳　木

出 版 人：宋　娜　　责任印制：杨　骏
责任编辑：孙豆豆　　责任校对：岳智勇
特约编辑：胡　峰　何江铭　　封面设计：李果果
出版发行：文化发展出版社（北京市翠微路2号 邮编：100036）
网　　址：www.wenhuafazhan.com
经　　销：全国新华书店
印　　刷：河北朗祥印刷有限公司

开　　本：880mm × 1230mm　1/16
字　　数：100千字
印　　张：10
版　　次：2023年12月第1版
印　　次：2023年12月第1次印刷

定　　价：198.00元（全4册）
I S B N：978-7-5142-3949-2

◆ 如有印装质量问题，请电话联系：010-68567015

目录

辑 一

三十功名尘与土，八千里路云和月

辑 二

出师未捷身先死，长使英雄泪满襟

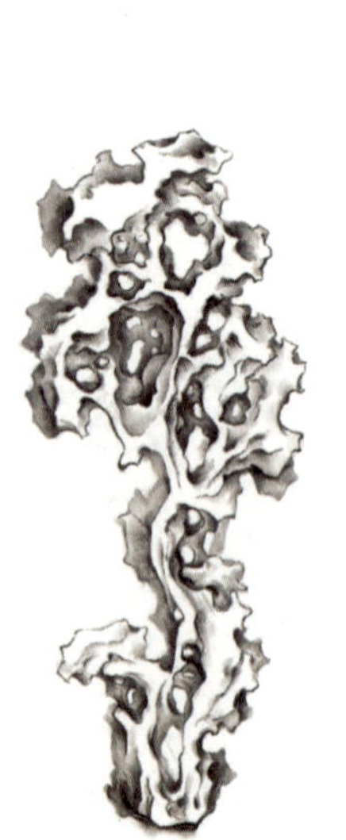

辑 三

烽火连三月，家书抵万金

三十功名尘与土，八千里路云和月

龟虽寿

汉 · 曹操

神龟虽寿，犹有竟[①]时；
腾蛇乘雾，终为土灰。
老骥伏枥[②]，志在千里；
烈士[③]暮年，壮心不已。
盈缩[④]之期，不但在天；
养怡之福，可得永年。
幸甚至哉[⑤]，歌以咏志。

注音注释

① 竟：指死亡。

② 枥（lì）：马槽。

③ 烈士：指抱负远大的人。

④ 盈缩：指人寿命的长短。

⑤ 幸甚至哉：很庆幸，好极了。乐府诗的一种形式性结尾，跟正文关系不大。

原文翻译

神龟虽然长寿，但也有死亡的时候。

腾蛇尽管能乘雾飞行，终究也会化为土灰。

年老的千里马虽然伏在马槽旁，它的壮志仍然是奔跑千里。

有远大抱负的人士到了晚年，奋发之心仍不会停止。

人的寿命长短，不只是由上天所决定的。

只要自己调养好身心，也可以益寿延年。

啊，庆幸得很！就用诗歌来表达内心的志向吧！

老骥伏枥志千里

乌桓一族擅长骑马，是中国古代北方游牧民族，时常骚扰曹操势力的边境地区。后来，曹操力排众议，在谋士郭嘉的建议下，带领大队的骑兵北伐乌桓。

虽然恰逢雨季，道路难行，但是曹操依旧亲自上前鼓舞士气，最终大军到达了乌桓的领地，双方展开决战。乌桓一族虽然骑兵众多，但因道路泥泞，双方最终变成了马下作战，乌桓军不久便落败，首领也被生擒。

曹操带领大军凯旋，途中，他摸着自己有些花白的头发，心中不由得感慨："虽然刚取得了北伐乌桓的胜利，但是统一全国的愿望还没有

实现。我已经五十三岁了，人生实在是太短暂了！”

回顾曹操辉煌的一生，他已经非常出色了。曹操虽出身豪门，但系宦官之后，在时人眼中仍为“寒族”。他年少时酷爱读书，经史典籍都有涉猎，尤爱读军事著作。他心怀雄心壮志，打算闯出一番事业来。

当二十岁的曹操被举为孝廉，入京都洛阳为郎时，他不会想到，未来自己会以汉天子的名义征讨四方，对内消灭二袁、吕布、刘表、韩遂等割据势力，对外降服南匈奴、乌桓、鲜卑等族，闯出一番天地。

世间万物都不是永恒的，曹操此时虽然已经五十多岁，但从未停止过追求自己的理想，无论遇到怎样的困难与挫折，他都始终保持乐观向上的态度，永不停息奋斗的步伐。

时光并没有辜负曹操的努力。最终，他成功统一了中国北方，也将自己的姓名永远刻在了史册中。要知道，生命虽然有限，可用这有限的生命建功立业，就会有无限的可能！

作者

曹操（155—220），字孟德，东汉末年著名的军事家、政治家和诗人，三国时代魏国的缔造者。他的儿子曹丕登位后，追封其为武皇帝，庙号太祖。曹操能文能武，精通排兵布阵，在诗歌、散文创作方面也有一定的造诣，是“建安文学”的创造者和推动者。

乌龟的寿命为何比较长？

首先，乌龟拥有坚硬的外壳，可以保护内脏以及其他身体组织，入侵者很难伤到乌龟；其次，乌龟一年中有十个月会进入睡眠状态，在睡眠状态时，乌龟的新陈代谢会非常缓慢。另外，乌龟不需要花费过多的精力去捕食、狩猎，悠闲的生活也在一定程度上延长了乌龟的寿命。

写作小技巧

“老骥伏枥，志在千里”是流传千古的名句，展现了一股自强不息的豪迈气概，在作文中可用来称赞老当益壮、锐意进取的精神面貌。如：①热血不是青年人的专利，即使你已两鬓斑白，也依然可以“老骥伏枥，志在千里”。②从风华正茂到老骥伏枥，他始终不懈地奋斗，书写着不老的传奇。

南园[①]十三首·其五

唐·李贺

男儿何不带吴钩[②]，收取关山五十州[③]。
请君暂上凌烟阁[④]，若个[⑤]书生万户侯？

注音注释

① 南园：指作者故居昌谷南边的田地。

② 吴钩：产自吴地的弯刀，头部呈弯钩状。

③ 五十州：当时朝廷无法掌控的五十余处州郡，被藩镇割据。

④ 凌烟阁：唐代为表彰功臣所建造的殿阁。

⑤ 若个：哪个。

原文翻译

男子汉大丈夫为什么不带着武器，去收复黄河南北被割据的关塞河山五十州呢？请你暂且登上那凌烟阁去看一看，又有哪一个书生曾被封为食邑万户的列侯？

深夜的愁思与壮志

夜深了，仿佛一切都陷入沉寂之中。李贺躺在床上辗转反侧，内心纠结不已，无论如何努力都无法进入梦乡。

李贺是唐朝宗室后裔，但是家道已经没落。他一心想要通过科举考试出人头地，在官场上施展自己的才华，为国家贡献智慧与力量。可是就因为李贺的父亲名叫“晋肃”，他要考的是“进士”，“进”和“晋”谐音，一些嫉妒他才华的人就以“尊者讳”为由，阻碍李贺参加科举考试。志存高远、才华横溢的李贺被取消了考试资格，他十分不甘心，却又无可奈何。

虽然李贺没有办法通过科举考试施展才华，可他的心中始终渴望建功立业、报效国家。如今狼烟四起，乱贼严重影响着国家的安全与稳定。李贺心中十分焦急，他的眼前浮现出这样一幅画面：他佩带军刀，骑着快马奔赴沙场英勇杀敌，夺取一块块土地，为国家做贡献，胸怀豪迈！

凌烟阁中悬挂着许多开国功臣的画像，那里面从未有书生被封为万户侯的！若是想要摆脱眼前尴尬的处境，必须前往战场闯出一番天地。自己只是一名柔柔弱弱的书生，而且备受无法参加科举考试的打击，空有一腔爱国热血，却成就不了收复关山的大业，上天真是不公平！

李贺喃喃自语道：“我应该怎么办呢？”

此时此刻，世界是那样安静，没有人回答李贺，只有天上的一轮明

月静静地凝望着他，陪伴他度过这孤独难熬的漫漫长夜。

吴钩

吴钩，一种用青铜铸造、刀刃为曲线形状的吴地产的刀，是春秋战国时期典型的冷兵器之一。后来，古代文人在诗词创作中，常用“吴钩”来表达精忠报国、驰骋战场的伟大志向。

凌烟阁

凌烟阁，修建于唐贞观十七年（643）二月，地点位于长安城太极宫，目的是缅怀与唐太宗共同作战的功臣们。初期，阁中共陈列了二十四位功臣画像，赞词由唐太宗亲题，题额和画像分别出自褚遂良、阎立本之手。后来，唐肃宗等皇帝又在凌烟阁加绘了一些功臣画像。唐代灭亡后，凌烟阁也渐渐地消失，成为一个传说。

写作小技巧

本诗运用反问的手法，使得感情抒发更加强烈。文章有情节起伏和语气变化，才会更加富有感染力，吸引读者的兴趣。

凉州词[①]

唐 · 王翰

葡萄美酒夜光杯[②]，欲[③]饮琵琶马上催。
醉卧沙场君[④]莫笑，古来征战几人回？

注音注释

① 凉州词：一种曲调名。

② 夜光杯：用玉石制成的酒杯，在月光下闪闪发光。这里指精美的酒杯。

③ 欲：将要。

④ 君：你。

原文翻译

葡萄美酒盛在夜光杯之中，正要举杯就响起琵琶声，仿佛催人出征打仗。别笑话我们醉倒在沙场上，从古到今，出征的人有多少能返回家乡？

沙场美酒盛宴

夜幕降临，一场盛大的宴席徐徐开启。

一道道五光十色的美味佳肴被端上桌来，色香味俱全的菜品令人口水直流，上好的美酒盛放在玉石制成的酒杯中，在月光下闪闪发光，散发着醇厚的香气。战士们推杯换盏、开怀畅饮，感受那香醇的美酒滑过舌尖、咽喉，最后暖暖地留在腹间。

手指在琵琶弦上摩擦，发出清脆的声响，这音符落到将士们的心中，有人感受到开怀畅饮的豪情，有人却感受到催人出征的急迫。王翰喝下一杯酒，听着那富有节奏感的琵琶声，感到心胸格外开阔。

王翰少年时性格豪放，中进士后，仍然每日以饮酒为事。在官场上，王翰豪放不羁、直言极谏，得罪了不少人，可他从不曾理睬他人的目光，依旧我行我素，想要活出自由自在的人生。

不知不觉，将士们都微微有些醉意了。有人想要放下杯盏，王翰却高声喊着："醉了就醉吧！不会有人笑话我们的！"说完，他仰头喝下一杯酒，大声说道："干杯！"

是啊，战争是那样残酷，多少人踏上战场后就把生命永远留在了那里！战士们并肩作战、视死如归，为了家国而奋斗，即使是战死沙场，又有何畏惧？

想到这里，大家继续畅饮起来，不时碰杯高呼："为家国而战！"他们畅想着凯旋的那天，定要再次酣饮，抒发豪情。

作者

王翰，字子羽，唐代边塞诗人。遗憾的是，他虽才华横溢，但流传至今的诗只有十四首，均记载在《全唐诗》中。

西域

西域，汉代以后指玉门关、阳关以西，葱岭以东，巴尔喀什湖以东、南及新疆一带。“安史之乱”之后，西域不在中原王朝管辖范围内，直到清朝平定准噶尔后，才又附属于中原王朝。

写作小技巧

“葡萄美酒夜光杯，欲饮琵琶马上催”，葡萄美酒、夜光杯、琵琶都有西域特色，带给人一种别具一格的感受。在写某个地方的风土人情时，要抓住最具有代表性的事物，写出特色方能使人印象深刻。

从军行

唐 · 王昌龄

青海长云①暗雪山，孤城遥望玉门关②。
黄沙百战穿金甲，不破楼兰③终不还。

注音注释

① 长云：浓厚的云。

② 玉门关：古关名，故址在今甘肃敦煌西北一带。

③ 楼兰：汉时西域古国名。这里泛指经常侵犯唐朝西北边境的少数民族政权。

原文翻译

青海湖上，浓云遮蔽了雪山，站在边塞古城，可以远远地望见玉门关。黄沙中的将士们身经百战，铠甲早已磨破，但他们发誓，不打败敌人，坚决不返回家乡。

不破楼兰终不还

青海湖上的天空层云遮蔽，湖边雪山绵延，青黑色的山体看起来十分雄伟壮阔。翻过一座座雪山，荒漠中的孤城静静地矗立在那里，再向西走，就是玉门关了。

看到此情此景，王昌龄不禁心潮澎湃。他身处盛唐时期，国力强盛，君主拥有一统天下的雄心壮志，锐意进取的豪情也影响着无数人。他们都想要在这个时代崭露头角，闯出一番天地，在边疆保卫国家、开拓疆土，为缔造大唐盛世贡献自己的力量。

在唐朝，青海是经常发生战争的地方，西边有吐蕃侵犯，北边有突厥活动，严重威胁着唐朝边境的安全。这玉门关正位于唐朝边境，玉门关外就是突厥的势力范围。将士们戍守边疆，时刻关注着突厥和吐蕃的一举一动。

西北地区偏僻荒凉，狂风经常卷起阵阵黄沙。就在这恶劣的环境之下，唐朝的将士们克服了水土不服，在人迹罕至的荒漠中艰难跋涉，

拿起武器与强悍的敌军艰苦战斗着。他们身经百战，双手双脚都磨出了水泡，身上穿的铠甲几乎磨穿，可是他们的报国壮志并没有消失。面对敌人入侵，他们的内心坚定不移，发出了必胜的豪壮誓言：“不战胜敌人，誓不归来！”

守卫边疆的战士们离开了故土和家人，身穿铠甲，手握武器，不畏严寒酷暑，陪伴他们的只有茫茫的雪山、寂寥的山冈、荒芜的戈壁，以及战马的嘶鸣。他们遥望远方，目光坚定。王昌龄读懂了他们的眼神，那便是坚守，那便是忠诚！

作者

王昌龄（？—756），字少伯，盛唐诗人，擅长写七言绝句，被誉

为“七绝圣手”。王昌龄早年家境贫困，到而立之年才高中进士。在登第之前，他曾赴西北边塞，创作出了许多优秀的边塞诗。

楼兰

楼兰国，西域古国，定都于楼兰城（遗址在今新疆若羌县），公元前 77 年，改名为鄯善国，为丝绸之路必经之地。汉武帝与西域各国建交初期，楼兰是使者往来的必经之地，其多次帮助匈奴劫杀西汉使者。公元 448 年，被北魏所灭。

剑客[1]

唐 · 贾岛

十年磨一剑，霜刃[2]未曾试。
今日把示君[3]，谁有不平事？

注音注释

① 剑客：侠客。

② 霜刃：形容剑锋闪烁寒光，锋利无比。

③ 把示君：拿给您看。

原文翻译

十年磨成一剑，剑刃寒光闪烁，还未试过锋芒。如今将它取出给您看，谁有冤屈不平的事？

跃跃欲试的剑

这是一把怎样的剑呢？

剑柄雕花精致，却显露出无比威严的气势。剑刃锋利无比，如秋

霜一般透着淡淡的寒光，令人身上一凛。

“良工锻炼凡几年，铸得宝剑名龙泉”，这把宝剑是剑客花了十年的工夫精心打磨的，日日夜夜灌注着心血。刀刃锋利无比，却还没有试过锋芒。

剑客潜心修养，苦练多年，身怀绝技，却还没有机会一显身手。他多次幻想着自己挥剑起舞的样子——手腕轻轻地旋转，那剑像闪电般快速闪动，如白蛇吐芯嘶嘶破风，又像游龙穿梭，落叶纷飞，天地间仿佛只剩下那个挥舞宝剑的身影，四处弥漫着剑客叱咤人间的豪情壮志。

铸剑十年却未露过锋芒，只是因为赏识这把宝剑的人尚未出现。贾岛寒窗苦读多年，早年出家为僧，后被韩愈发现才能，还俗参加科举。可他过于自信，并不把他人放在眼里，到了考场挥笔写就的文章更是讽刺当朝权贵，结果被认为是“无才之人，不得采用”，还落得个“考场十恶”之一的坏名。他的才华没有办法得到施展，内心十分苦闷。

可贾岛始终想遇到赏识自己才华的人，让他能够在合适的时机拔剑出鞘，解决天下冤屈不平的事，干出一番事业，让所有的人都能够感受到这锋利的刀刃散发出来的幽幽寒光。

虽然目前身处困顿之中，但贾岛相信“天生我材必有用”，自己终将会遇到知音，实现自己心中的抱负与理想！

作者

贾岛（779—843），字阆仙，唐代诗人。早年出家为僧，名无本，自号“碣石山人”。后受教于韩愈，并还俗参加科举。唐文宗的时候被排挤，贬作长江主簿。唐武宗会昌年初由普州司仓参军改任司户，未任病逝。

文人与剑

古人经常把剑与君子联系起来。春秋时期，剑在楚国就是仪表风度的象征，通常只能贵族男子佩带。古代还有一个著名的“季札挂剑”的典故：徐国国君非常喜爱季札的宝剑，他死后，季札解下自己的宝剑挂在了他的坟墓上，以信守自己曾有赠予他宝剑的承诺。这个故事蕴含了君子如剑的美德。

写作小技巧

“剑客”是诗人自喻，而“剑”则比喻诗人的才能。诗歌抒写作者十年寒窗、磨炼才干的生涯和远大的理想抱负。诗人通过巧妙的艺术构思，寓政治抱负于鲜明的形象之中，托物言志，这种表现手法颇为高明。

送人赴安西[①]

唐 · 岑参

上马带吴钩，翩翩[②]度陇头[③]。
小来思报国，不是爱封侯。
万里乡为梦，三边[④]月作愁。
早须清黠虏[⑤]，无事莫经秋[⑥]。

注音注释

① 安西：即安西都护府。

② 翩翩：形容轻快地驰骋。

③ 陇（lǒng）头：即陇山，在今陕西省陇县西北，为古代通向西域的重要通道。

④ 三边：此处泛指边陲一带。

⑤ 虏（lǔ）：古代西北地区常来侵犯的少数民族的泛称。

⑥ 经秋：经年。

原文翻译

手执吴钩跨上骏马，轻捷地越过陇山之巅。从小就希望献身国家，从来不把做官封侯挂在心间。身处万里之外，故乡的景象将会出现在

梦境中；边疆月光朗朗，总激发怀乡的愁绪。你此去应该快点消灭敌人，没有战事时早日归来，不要一拖经年。

送友奔赴沙场

岑参送别朋友的时候，首先映入他眼帘的便是那匹骏马。那匹骏马可真是威风凛凛，高大的身躯、长长的脖子、柔顺的鬃毛，无不显示出它的雄壮和力大无穷。

而这匹马的主人，也就是岑参的朋友，一身戎装，手拿吴钩，一跃跨上骏马，轻快、矫健的身姿展现出他的英气蓬勃。他策马飞驰，翻越高山峻岭，很快地便消失在岑参的视线中。

岑参回想起他的朋友从小就渴望在战场上杀敌立功，但绝对不是为了做官封侯，而是为了报效国家。这种纯洁的爱国情怀是多么难能可贵，这种高洁美好的心灵是多么值得敬佩啊！

朋友远离家乡前往遥远的边疆，在恶劣的环境下从军作战，连日的风沙让他的面容日渐沧桑，但他没有丝毫退缩，意志反而更加坚定——为国家奋勇杀敌。也许在夜深人静的时候，他只能遥望着空中高挂的明月思念自己的家人朋友，也只能在梦中回到家乡与他们团圆相聚，醒来之后，内心定是无限怅惘！

岑参曾目睹战争所造成的巨大破坏，田园荒芜、民不聊生，战士们

筋疲力尽。岑参多么希望将领们不要将战事一拖再拖，希望朋友能够早日结束战争，回到家乡与家人朋友相聚！

作者

岑参（约 715—770），唐代诗人，与高适并称“高岑”。他出身贫苦，跟在哥哥身边学习，读了很多书。唐玄宗天宝三年（744）高中进士，担任率府兵曹参军一职，后有两次从军出塞的经历。

有趣的“翩”

“翩”本义是指疾飞，形容轻快地旋转舞动的样子。“翩翩”形容轻快地跳舞或驰骋，也形容举止洒脱（多指青年男子）。相关的成语有：翩翩起舞、风度翩翩、联翩而至、浮想联翩。

写作小技巧

“万里乡为梦，三边月作愁”两句感情细腻，诗人没有去写友人在边疆如何苦战，而是站在对方的角度设想他在万里边关对家乡是如何魂牵梦萦的，如此更加表达出诗人对友人的敬仰和思念之情。

劝学

唐 · 颜真卿

三更[①]灯火五更鸡[②]，正是男儿读书时。
黑发不知勤学早，白首方[③]悔读书迟。

注音注释

① 三更：古代指晚上十一点至次日一点。

② 五更鸡：指天快亮时，公鸡啼叫。

③ 方：才。

原文翻译

三更半夜在灯火下学习，五更鸡叫时又勤奋苦读，这正是男儿奋发读书的好时候。少年不知道勤奋学习，等到老了，后悔读书少已然太晚。

为何要刻苦读书？

夜很深了，月光静静地洒向大地，此时，白日里孩子们的欢声笑语已消失不见，人们渐渐进入了梦乡。可一座小草房里却闪烁着微弱的灯光。

一个少年正坐在桌前认真地读着手中的书卷。他细细地品读着每一页，有时微微一笑，有时眉头紧锁，有时又深深叹气，好像与书中的世界融为了一体。不时地，他研墨提笔，圈圈点点，在纸上书写着自己的灵感。

世界安静极了，少年学累的时候，便会想起家境贫寒、利用月光读书的江泌，还有抓萤火虫放入纱袋来照明的车胤，以及借用白雪反射出来的光亮看书的孙康，他们都是自己学习的榜样！想到这里，他更坚定了信念，继续埋头苦读。

一直读到深夜，少年才和衣而睡。到了五更天，公鸡喔喔叫着，少年便立刻起身来到桌前继续读书。他知道，年少的时间非常宝贵，如果不勤奋学习而浪费时间，等到上了年纪，要想学习就晚了，到时候只能后悔莫及。

这位少年就是颜真卿。他三岁丧父后家道中落，母亲对他寄予厚望，对他实行严格的家庭教育。颜真卿自己也格外自律，每日都勤学苦读，最终成为唐代名臣和著名的书法家。

是啊，只有年年月月刻苦读书，才能真正学到本领；只有珍惜一分一秒的时间，努力学习，将来才不会后悔！

百科小贴士

作者

颜真卿（709—784），字清臣，唐代名臣、书法家。他擅长书法，尤其以行、楷见长，是“颜体”楷书的创始人，与赵孟𫖯、柳公权、欧阳询并称为“楷书四大家”，与柳公权并称“颜柳”，影响十分深远。

更

“更”是古时夜间计算时间的单位，古人把一夜分为五更，每更约两个小时。根据史书记载，古代专有“打更人”这一职业，他们在晚上到处巡逻，每两个小时打一次更，用不同的频率打击铜锣，打完还会吆喝一嗓子，告诉大家时间。

写作小技巧

“黑发不知勤学早，白首方悔读书迟”是经典佳句，句中的“黑发”“白首”采用了借代的修辞方法，借指青年和老年。通过对比的手法，突出读书学习要趁早，不要等到老了、后悔了才去学习。此句可以引用到劝勉刻苦读书的文章中。

南乡子·登京口[①]北固亭有怀

宋·辛弃疾

何处望神州？满眼风光北固楼。千古兴亡多少事？

悠悠。不尽长江滚滚流。

年少[②]万兜鍪[③]，坐断[④]东南[⑤]战未休。天下英雄谁敌手[⑥]？

曹刘。生子当如孙仲谋。

注音注释

① 京口：在今江苏省镇江市。

② 年少：年轻。指孙权十九岁时继父兄之业，成为江东的统治者。

③ 兜鍪（dōu móu）：古代士兵的头盔，这里代指士兵。

④ 坐断：占据，割据。

⑤ 东南：指三国时吴国地处东南方。

⑥ 敌手：实力相当的对手。

原文翻译

从什么地方可以望见中原？登上北固楼，好风光尽收眼底。千百年有多少盛衰兴亡之事？往事悠悠，就如同无尽长江水滚滚奔流。想当年，年轻的孙权继承父兄基业，统领千军万马，坐镇东南，征战不

休。天下英雄又有谁是孙权的对手？只有曹操和刘备。难怪曹操说：“生儿子就当如孙权一般！”

孙权的“粉丝”——辛弃疾

南宋嘉泰三年（1203）六月末，辛弃疾被起用为绍兴知府兼浙东安抚使，不久后，即第二年三月，改派到京口（今江苏镇江）去做知府。

辛弃疾登临京口北固亭，远眺山峦叠翠的景色，俯瞰滚滚远去的长江，可这优美的风光却无法打动辛弃疾的心。镇江，在历史上曾是英雄用武和建功立业之地，此时成了与金人对垒的第二道防线。中原地区已经沦陷，南宋朝廷苟且偷安，而诸多王公大臣不思考如何收复北方，反倒躲在南方沉迷于现状，纷纷主张议和，这是多么大的耻辱！

辛弃疾望着缥缈的远方，只见长江水咆哮着向前奔腾着，正如辛弃疾的愁思那样漫长久远，一眼望不到尽头。他想到杜甫“无边落木萧萧下，不尽长江滚滚来”的诗句，内心的悲凉不禁弥漫开来——那可望而不可即的中原地区，他心心念念的旧国故土，如今却被金人的铁蹄踏碎，国家处于风雨飘摇之中，他哪里有心情欣赏北固亭的风景呢？

辛弃疾想到孙权在青年时已经率领千军万马坐镇东南，在战场上叱咤风云，备受历代好男儿的敬仰。据说，曹操有一次与孙权对垒，见

孙权仪表堂堂、气度不凡，于是感叹说："生子当如孙仲谋！"

他多么希望自己像古代的英雄人物那样，金戈铁马，收复旧山河，为国效力。可南宋朝廷政治黑暗，辛弃疾自己报国无门，内心愤慨不已！他不知道未来的路应当如何走，只能望着悠悠长江水不停地向远方流着，流着……

作者

辛弃疾（1140—1207），字幼安，别号稼轩，南宋官员、文学家。出生时，金兵入侵，中原沦陷。二十一岁时参军抗金，没多久回到南宋。先后在鄂、赣、湘、闽、浙等地为官，一生力主抗金。其作品题材范围较广，善于引用典故，形成了集豪迈与细腻为一体的独特创作风格。

兜鍪

兜鍪是一种头盔，大多数可以保护头部到颈部。秦汉之前称为“胄”，之后改名为“兜鍪”。隋朝时出现了造型似野兽的兽头兜鍪。其中，虎头形的兜鍪深深地影响着民俗，比如人们常给男童戴虎头帽，表达对平安健康的祈求。

写作小技巧

全词写景、抒情、议论紧密结合，化用古人语言入词，活用典故、成语借古讽今。通篇三问三答，层次分明，相互呼应，引发读者思考。写作中多种技巧相结合，能使情感表达更加丰满。

江城子·密州出猎

宋·苏轼

老夫[①]聊[②]发少年狂，左牵黄，右擎苍[③]，锦帽貂裘，千骑[④]卷平冈。为报倾城随太守[⑤]，亲射虎，看孙郎[⑥]。

酒酣胸胆尚开张。鬓微霜，又何妨！持节[⑦]云中，何日遣冯唐？会[⑧]挽雕弓如满月，西北望，射天狼[⑨]。

注音注释

① 老夫：为苏轼自称，当年他三十八岁。

② 聊：姑且。

③ 左牵黄，右擎苍：左手牵黄狗，右臂举着苍鹰。

④ 千骑：这里指随从数量很多。

⑤ 太守：指苏轼自己。

⑥ 孙郎：孙权。

⑦ 节：指传达命令的符节。

⑧ 会：定将。

⑨ 天狼：星名，古时候以天狼星主侵略，这里隐喻侵犯北宋边境的辽国与西夏。

原文翻译

我姑且抒发一下少年的豪情壮志，左手牵着黄狗，右臂擎起苍鹰，头戴锦帽，身穿貂皮衣，带着随从们席卷平坦的山冈。为酬谢满城人随我出猎的盛意，我要像当年的孙权一样，亲自射杀猛虎。

酒意正浓时，心胸开阔，胆气横生，即使两鬓微白，又有什么关系呢？什么时候皇帝会派人下来，就像汉文帝派遣冯唐去云中赦免魏尚一样？那时我定将用尽全力拉满雕弓，拉得如同满月一样，瞄准西北，射向入侵的敌人。

拉满雕弓射天狼！

宋神宗熙宁八年（1075），苏轼在密州任知州。他胸怀豪情壮志，内心总有一腔青春热血，到野外打猎便成了生活中的一大乐趣。

这天，他又带着随从去野外打猎。他左手牵着黄犬，右臂举着苍鹰。那猎犬的眼睛炯炯有神，散发出凶狠的光；那苍鹰孤傲强悍，油亮的羽毛发着亮光，尖锐的眼神仿佛时刻准备战斗。好一派威武豪迈的气势！

随从、武士们个个威武雄壮，全城的百姓纷纷前来围观。苏轼看着这千骑奔驰、腾空越野的浩大声势，不禁想起了同样喜欢狩猎的孙权。

孙权常常骑马射虎，以亲手搏击为乐。建安二十三年（218）十月，孙权亲自骑着马去射杀老虎。后来，孙权所骑的马被老虎抓伤，他就用兵器攻击老虎，最终成功把老虎抓获。苏轼信心满满，他也想在猎场上亲手射杀老虎，重现孙权当年搏虎的雄姿！

猎后，大家开怀畅饮，苏轼豪情满怀。此时，他还不到四十岁，因反对“王安石新法”，被许多人视作眼中钉，他便自请外任，离开了是非之地。可正逢西北边事紧张，西夏大举进军，占领抚宁诸城，国家局势十分危急。苏轼雄心勃勃、意气风发，多么希望朝廷能够让自己一试身手，带兵征讨西夏啊！

苏轼想起了魏尚。汉文帝时，云中太守魏尚抗击匈奴有功，但因报功不实，获罪削职。后来汉文帝听了冯唐的话，派冯唐持节去赦免魏尚，仍叫他当云中太守。苏轼不禁感慨道：“什么时候皇帝也能如此信任我，让我在战场上大显身手呢？”

微风吹过，苏轼遥望远方，他的脑海中浮现出一幅壮阔的场景：他率军与西夏军队经历一番殊死搏斗，最终凯旋，实现了报国的志向。那是他梦中的场景啊，多么希望未来能够实现！

百科小贴士

作者

苏轼（1037—1101），字子瞻，号东坡居士，世称苏东坡、苏仙，北宋著名文学家、书法家、画家，“唐宋八大家”之一。其诗词、散文、书画样样精通，在诗文上，他与黄庭坚并称“苏黄”；在作词上，他风格豪放，与辛弃疾并称“苏辛”；在散文创作方面，他与欧阳修并称“欧苏”。

北宋与西夏

西夏皇帝元昊好战，多次派兵攻宋，导致双方损失惨重。1044 年，双方签订合约，元昊取消帝号，宋朝则每年向西夏进贡“岁赐”，给西夏许多银、绢和茶，为西北边境带来了二十多年的和平时光。但是，到了 1066 年，西夏违约，继续派兵攻宋，战争不断。

写作小技巧

“会挽雕弓如满月”一句用了比喻的修辞手法，展现出拉弓的豪放姿态，彰显了作者砥砺奋斗、报效祖国的志向。结尾用比喻句升华主题，像豹尾一样强有力，令人心潮澎湃。

满江红·写怀

宋·岳飞

怒发冲冠[1]，凭栏处、潇潇雨歇。抬望眼，仰天长啸，壮怀激烈。三十功名尘与土，八千里路云和月。莫等闲[2]，白了少年头，空悲切！

靖康耻[3]，犹未雪。臣子恨，何时灭！驾长车，踏破贺兰山缺。壮志饥餐胡虏[4]肉，笑谈渴饮匈奴血。待从头、收拾旧山河，朝天阙[5]。

注音注释

① **怒发冲冠**：形容生气时头发竖起，甚至将帽子顶起的样子。

② **等闲**：无端，白白地。

③ **靖康耻**：宋钦宗时，金兵攻陷汴京，徽、钦二帝被掳北上。

④ **胡虏（lǔ）**：对与中原作对的北方部族的通称。

⑤ **朝天阙**：朝见皇帝。天阙，本指宫殿前的楼观，这里代指朝廷。

原文翻译

我气得头发直立，顶起帽子，凭栏远望，急骤的雨刚刚停歇。我远望苍天，大声呼叫，豪情壮志十分激烈，三十年的功业如尘土般微不

足道，南北转战八千里，从未放松过。要抓紧时间，莫虚度年华，年老时徒然悲切！

靖康之变的耻辱尚未洗雪。作为臣子的愤恨，何时才能泯灭？我想驾着战车，踏破贺兰山。打仗时，饿了就吃匈奴的肉，渴了就喝匈奴的血。待我收复旧日山河，再向朝廷报捷！

精忠报国的岳飞

急骤的大雨刚刚停歇，岳飞独自倚着高楼上的栏杆。他的内心愤怒无比，抬头遥望远方，仰天长啸。

在岳飞少年时，他的家乡就被金兵占领，后来他毅然从军，想要努力抗击金人、建立功名。不过，岳飞梦寐以求的并不是建节封侯，他认为功名利禄都像尘土一样微不足道，重要的是在沙场上驰骋，渡过黄河，收复国土，完成抗金救国的神圣事业。

岳飞不由得想起宋钦宗靖康二年，汴京和中原地区沦陷，徽宗、钦宗两个皇帝被金人俘虏北去，那可真是国家的奇耻大辱！他不禁深深叹了一口气——金兵侵扰中原，烧杀掳掠的罪行罄竹难书，投降派却主张议和，偏安江南，苟延残喘。

岳飞的内心十分坚定，无论敌人如何凶残，他都不会改变自己的信念。即使是身处恶劣的战斗环境，要忍受常人所无法忍受的孤单寂寞，他也不会停止战斗的脚步。因为他明白，若是虚度年华、消磨时光，等到年老时只能悔恨叹息。

大雨将世界冲刷得洁净无比，岳飞看着远方的景色心潮澎湃。他相信，总有一天，自己能够在战场上做出一番事业，收复被金兵侵占的

山河。等到那时候，再向朝廷报功！

岳飞是这样想的，也是这样做的。他于北宋末年投军，从 1128 年遇到宗泽起到 1141 年止的十余年间，率领岳家军同金军进行了大小数百次战斗，即使遭遇陷害也丹心不改，用行动诠释了爱国志士的一腔热血，“岳飞”这个名字也被后人深深铭记。

百科小贴士

作者

岳飞（1103—1142），字鹏举，南宋著名的军事家、战略家、文学家。他重视人民力量的强大，在抗金战役中制定“连结河朔”的计划，将宋军和黄河以北的抗金义军联合起来共同作战，以收复失地。

岳母刺字

相传，宋元帅宗泽在病逝之前，将印信委托给了岳飞，但后来皇帝将印信交给了杜充，可杜充却在抗金中失利。岳飞伤心不已，擅自离队归家，岳母让他立刻回营，并在其背上刻上“尽忠报国”四个字，让他记住要终身报效国家。

后来，岳飞屡建战功，受到宋高宗的嘉奖，他赐岳飞一面锦旗，上面绣着高宗御笔“精忠岳飞”。于是人们就将“精忠岳飞”和“尽忠报国”合称为“精忠报国”。

写作小技巧

在描写一个人生气的时候，可以运用语言、动作、神态等多种描写手法，结合比喻、夸张等修辞手法，《满江红》中的“怒发冲冠”“仰天长啸”“壮怀激烈”等词语都可以借鉴。

破阵子·为陈同甫赋壮词以寄之

宋·辛弃疾

醉里挑灯看剑，梦回吹角连营。八百里①分麾下②炙，五十弦③翻④塞外声，沙场秋点兵。

马作⑤的卢⑥飞快，弓如霹雳弦惊。了却⑦君王天下事⑧，赢得生前身后名。可怜白发生！

注音注释

① 八百里：牛名。后以“八百里”指豪迈之气。

② 麾下：指部下。

③ 五十弦：本指瑟，这里泛指军乐器。

④ 翻：演奏。

⑤ 作：像……一样。

⑥ 的卢（dì lú）：一种烈性马，其额部有白色斑点。

⑦ 了（liǎo）却：了结。

⑧ 天下事：这里指恢复中原之事。

原文翻译

醉意中挑亮油灯仔细看宝剑，好像回到了当年，军营中的号角声接二连三。将酒食分给士兵们，在雄壮的音乐中共饮。这时正是秋季的

阅兵之际，像的卢马一般的战马飞奔着，弓箭则如惊雷一般响起。一心想替君主将国家失去的土地收回来，以名扬天下。可梦醒后，发丝早已斑白。

一切都只是一场梦

夜幕已经降临，辛弃疾翻来覆去无法入睡，只好坐起身来，独自默默地喝起了酒。夜渐渐深了，辛弃疾喝光了杯中最后一滴酒，放下酒杯，感觉微微有些醉意。他拨亮灯火，拔出身上的佩剑，细细抚摸着，不由得回忆起过去的时光。

突然，辛弃疾的耳边响起一阵号角声，四面八方的军营一呼百应。

号角声是那样振奋人心，富有催人勇往直前的力量。

辛弃疾惊喜地推开门，发现自己身披铠甲成为将军，门外兵营里的士兵们欢欣鼓舞，正在吃着分发的酒食。军中奏起了鼓舞人心的战斗乐曲，辛弃疾神采奕奕，面对兵强马壮的军队，他意气风发地准备点兵出征。

辛弃疾带着将士们快马加鞭奔赴战争前线。战旗在风中高高飘扬，战鼓声如同雷鸣一般震耳欲聋。万箭齐发，敌人纷纷落马，死伤者无数，狼狈溃退者亦无数。将士们乘胜追杀，将敌人打得落花流水。“我们胜利了！”将士们纷纷欢呼起来，辛弃疾也振臂高呼，内心洋溢着无尽的喜悦之情。

突然，辛弃疾打了一个激灵，他睁开双眼，原来那壮阔盛大的军容、那振奋人心的战斗、那辉煌的胜利和千秋功名都只是一场梦！

辛弃疾走到镜子前面，发现自己已经生出了白发，冰冷的镜面时刻

提醒着他这个残酷的现实——他年轻的时候就参加抗金起义，起义失败后，依旧主张收复中原，却屡屡遭到排斥打击，长期不得任用，闲居近二十年，内心不禁生出无限悲凉。辛弃疾抚摸着自己鬓边的白发，想起自己壮志难酬，无法为国家效力，志向难以实现，一时间百感交集。

同病相怜的还有陈同甫，他很有才华，积极主张抗战，却遭到投降派的打击。辛弃疾想到这里，挥笔写下了这首词送给陈同甫，希望两颗受伤的心灵能够在这黑暗的时期得以互相安慰和鼓励。

刘备与的卢马

三国时，刘备得到一匹的卢马。有人想暗害刘备，被刘备发现，他急忙逃出，可是被一条几丈宽、水流湍急的大溪挡住。刘备只好跃

马下溪，结果连马带人陷在泥水里，不想那的卢马忽地从水中跃起三丈，飞上对岸，刘备成功脱身。

写作小技巧

全词生动地描绘出了一位勇往直前的将军形象，写到激情高峰时，却猛地跌落下来，原来美好的景象只不过是一场梦境。前后落差巨大，更加表现出作者壮志难酬的悲凉。

漫感

清 · 龚自珍

绝域[①]从军计惘然[②]，东南幽恨满词笺[③]。
一箫一剑平生意，负尽狂名十五年。

注音注释

① 绝域：遥远的地域。这里指边疆。

② 惘（wǎng）然：失望的样子。

③ 词笺（jiān）：书写诗词的纸张。

原文翻译

从军打仗的远大抱负难以实现，让人无比怅惘，只能将对东南形势的担忧倾注在诗词中。赋诗抒发感情和执剑驰骋疆场是我平生的志愿，而现在十五年已悄然流逝，我白白辜负了“狂士”的声名。

落榜漫感

怎么可能？龚自珍不敢接受这个残酷的现实，他一遍又一遍地读着榜上的每一个字，还是没有找到自己的名字。

这已经是他第四次会试落第了！龚自珍拖着沉重的步伐行走在大街上，心中满是对人生与国家的担忧。

如今，东南沿海地区遭遇列强侵凌。龚自珍看着严峻的局势，想要以自己的文才武略为国出力，却总是报国无门。曾经他想要驰骋疆场，却壮志难酬，如今即使写下一篇篇震惊天下的文章，也无法改变社会现状。

龚自珍不禁想起十八岁那年，意气风发的他对天立下志向，他甚至在北京与“狂士”王昙定为忘年交，当时的他在社会上已经小有名气。从那时候到现在，前后正好十五年，自己却没有实现报国的理想，真是白白辜负了“狂士”的声名啊！

如今，龚自珍已经三十二岁。人生又有几个三十二岁呢？要么大展雄才，要么远避尘嚣，这是他平生心事之不可割分的两个层面，他的内心十分矛盾。

不过，即使连续四次参加会试落第，无法在战场上英勇杀敌，龚自珍也依旧没有放弃自己为国出力的理想。他希望有一天，清朝统治者能够改变腐朽的现状，革除社会的种种弊端，抵御列强的侵略，让老百姓安居乐业。

作者

龚自珍（1792—1841），字璱人，号定盦，清代思想家、诗人、文学家。他曾先后担任内阁中书、宗人府主事等官职，主张政治革新，抵御外国入侵，是林则徐在禁除鸦片时的大力支持者，年四十八岁时辞官。

写作小技巧

“东南幽恨满词笺”，作者将对东南形势的担忧倾注在诗词中。写作过程中，当不想直接抒情的时候，可以借助诗词、歌声、文章、舞蹈等来间接表现自己的感情，更加委婉含蓄。

辑二

出师未捷身先死，长使英雄泪满襟

蜀相[1]

唐 · 杜甫

丞相祠堂何处寻？锦官城外柏森森[2]。
映阶碧草自春色，隔叶黄鹂空好音。
三顾频烦天下计，两朝开济[3]老臣心。
出师[4]未捷身先死，长使英雄泪满襟。

注音注释

① 蜀相：指诸葛亮，三国时蜀汉丞相。

② 柏（bǎi）森森：形容柏树枝繁叶茂的样子。

③ 开济：开创并辅佐。诸葛亮辅助刘备建立蜀国，后又辅佐蜀国继承者刘禅。

④ 出师：出兵。

原文翻译

去哪儿寻找诸葛亮的祠堂？在成都城外柏树枝繁叶茂的地方。碧草映照石阶，显出自然的春色，黄鹂隔着树叶不住鸣叫。刘备为统一天下而三顾茅庐，前来问计；诸葛亮辅佐两朝君主，彰显着耿耿忠心。可惜还没等征战胜利诸葛亮就去世了，常使后代英雄泪湿衣襟！

寻觅诸葛亮的踪迹

公元759年，杜甫结束了为时多年的颠沛流离的生活，辗转来到了成都，在朋友的帮助下定居在浣花溪畔，生活终得暂时的平静。他时而为祖国的壮丽河山而感慨，时而为静谧的田园风光而陶醉。这天，他决定去武侯祠探访。

成都曾是三国时期蜀汉的都城，诸葛亮在这里主持国政二十余年，立下了赫赫伟业。到了晋朝，李雄在成都称王的时候，专门为诸葛亮建立了祠堂。虽然战争使成都遭到了很大的破坏，但是武侯祠却完整无损，也算是不幸中的万幸了。

杜甫行走在道路上，不停地寻找着祠堂的踪迹。他刚来到成都，对这里并不熟悉，但他非常仰慕诸葛亮的才华和智慧，下定决心要找到祠堂一看究竟。

终于，杜甫来到了祠堂的外面。祠堂四周，柏树挺拔，枝叶茂盛地向着天空生长着，织成了碧绿色的大伞，整座祠堂都笼罩在静谧与肃穆的氛围当中。相传，武侯祠前的大柏树是诸葛亮亲手栽种的，不知他在栽树的时候，内心是否也有着冲入云霄的豪情壮志呢？

正值春天，大地回暖，小草从地面上悄悄露出头来，碧绿的小草映照着台阶，黄鹂鸟在林中啼鸣。身处这美景之中，杜甫却产生了惆怅的情绪。他一生忧国忧民，有着建功立业的政治理想，但是仕途坎坷，

如今“安史之乱”还没有平息，国家和人民依旧处在水深火热之中，自己报国无门。大唐的春天什么时候才能到来，他自己什么时候才能像诸葛亮一样为国家战斗呢？

曾经，诸葛亮隐居草庐，刘备三顾茅庐问计于诸葛亮；诸葛亮出山后辅佐刘备开创帝业，后又辅佐刘禅，一生忠心耿耿、鞠躬尽瘁，为蜀国大业出谋划策。他还颇具才华，写下了《出师表》《诫子书》等文学作品，发明了木牛流马、孔明灯，并改造连弩（诸葛连弩），可一弩十矢俱发，多么令人敬佩！

诸葛亮为了伐魏，六出祁山。蜀汉后主建兴十二年（234），他统率大军，后出斜谷，占据了五丈原，与司马懿隔着渭水相持了一百多天。八月却病死在军中，令人叹息。

想到这里，杜甫不禁泪湿衣襟，对诸葛亮的敬佩之情又多了几分。诸葛亮为蜀国奉献一生，最终像燃尽的油灯一般熄灭了，可他鞠躬尽瘁的精神却为后人所铭记！

作者

杜甫（712—770），字子美，自号少陵野老，世称“杜工部”“杜少陵”等，唐代伟大的现实主义诗人，被世人尊为“诗圣”，其诗被称为“诗史”。

诸葛亮

诸葛亮（181—234），字孔明，人称“卧龙”，三国时期蜀汉丞相，是杰出的政治家、军事家、文学家、书法家、发明家。在世时，他被封为武乡侯，死后追谥为忠武侯、武兴王。

写作小技巧

“映阶碧草自春色，隔叶黄鹂空好音”描绘的景物色彩鲜明、静动相衬，表现出武侯祠内春意盎然的景象。自然界的春天来了，国家中兴的希望却非常渺茫，这更能反衬哀愁、惆怅的感情。

出塞

唐 · 王昌龄

秦时明月汉时关，万里长征人未还。
但使①龙城飞将②在，不教③胡马度④阴山。

注音注释

① 但使：只要。

② 龙城飞将：指汉代飞将军李广。此处指骁勇的将领。

③ 教：令，让。

④ 度：越过。

原文翻译

依旧是秦汉时期的明月和边关，守边御敌征战万里的人还没有回来。要是龙城的飞将军如今还在，一定不会让敌人的铁蹄踏过阴山。

诗词故事

不知何时才能结束的战争

一轮明月高高地悬挂在天空，清冷的月光洒落在地面上，笼罩着边

关的一草一木。王昌龄看着眼前的景象，不由得想起从秦汉时期这里的战争就接连不断，不知道天空中的明月见证了多少次战争，抚慰过多少离乡征战的人呢？

王昌龄庆幸，自己身处盛唐时期，皇帝意气风发，军队兵强马壮，抵御边境敌人的侵略时毫不畏惧。可是连年征战，苦的还是那些战士，他们告别了父老乡亲，来到环境恶劣的边疆，忍受着严寒酷暑，在战场上奋勇杀敌，甚至有人将生命永远留在了这里，真是悲壮啊！

王昌龄又有些惋惜，惋惜偌大的唐朝却缺少像卫青和李广那样英勇善战又具有领袖风范的将军。想当年，卫青为车骑将军，出上谷，至龙城，斩首虏数百。他曾七战七胜，收复河朔、河套地区，击败单于，英勇无畏。李广顽强抗击匈奴，一生战功赫赫，匈奴畏服，称之为“飞将军”，守地则匈奴数年不敢来犯。众多汉朝名将留下了不朽的丰碑，令人尊重和敬仰。

倘若现在朝廷有像卫青和李广一样的大将，战士们一定可以早日取得胜利，凯旋回到家乡。王昌龄遥望着天空中的月亮，不禁叹息一声："真希望战争快点儿结束，好让百姓过上安定的日子！"

写作小技巧

"秦时明月汉时关"并非指秦代的明月、汉代的关，而是用了互文的修辞手法，将秦、汉、明月、关四者交错使用，即秦汉时的明月、秦汉时的关。在诗歌中这样写，可使语言更为精练。

塞下曲

唐 · 李益

伏波①惟愿裹尸还，定远②何须生入关。

莫遣只轮③归海窟，仍留一箭射天山。

注音注释

① 伏波：古代将军的封号。此处指马援。

② 定远：指曾被封为定远侯的班超。

③ 只轮：马车。借指任何一个人。

原文翻译

应该像马援一样，愿意战死疆场，用马革裹尸归来埋葬，何必像定远侯班超那样，立功后思归心切，活着返乡！不能让一个敌人逃跑，还要在边疆驻守，让敌人再也不敢前来挑战。

诗词故事

马革裹尸，无怨无悔

茫茫大漠，辽阔无边，铺天盖地的风沙迎面袭来，却无法撼动将士

们挺拔的身姿。无论环境怎样恶劣，他们都挺直腰杆、岿然不动、意气风发，在战场上展现骁勇的英姿。

李益被将士们的豪情壮志所感染，他想到屡屡立下战功的东汉名将马援曾说过的“男儿当战死在边疆，以马革裹尸还葬”，这豪言壮语令无数人感到震撼。而东汉班超投笔从戎，平定西域少数民族贵族统治者的叛乱，为了国家扎根西域三十一年，无悔的坚守也感动了许多人。

班超后来因年老而上书皇帝请求调回，但是在李益心中，无数将士们长期驻守边疆保家卫国，一生坚守、至死不渝，不放过任何一个敌人，这种情怀才是更加值得敬佩的。

还记得唐朝初年，薛仁贵领兵在天山迎击突厥十余万军队。他不畏艰难英勇上阵，三箭射杀了对方派来挑战的三个人，成功打击了敌军嚣张的气焰，敌人纷纷投降。薛仁贵杀敌的身姿是那样高大，他三箭克敌的事迹也被铭记在史册中。

连日的风沙让战士们的面容无比沧桑，与故土迥异的生活习惯也给他们带来了无限挑战。可将士们为了国家安宁而坚守在边疆，以甘愿牺牲、无私奉献的精神捍卫着国家的领土，真是可歌可泣，值得所有人尊重！

作者

李益（746—829），唐代诗人，字君虞。在大历四年（769）科举考试时中选，任职郑县尉，但一直都没有晋升，直到建中四年（783）登书判拔萃科。但其官运不亨通，后来辞官，到燕赵一带游玩。一生创作了不少诗词，以边塞七绝诗见长。

写作小技巧

这首诗通过东汉马援、班超和唐初薛仁贵三个名将的故事，讴歌了将士们激昂慷慨、视死如归的精神。在文章中用名人事例配合抒情和议论，更加具有说服力，全诗充满着鼓舞人心的力量。

扬子江①

宋·文天祥

几日随风北海游，回从②扬子大江头。
臣心一片磁针石③，不指南方④不肯休。

注音注释

① 扬子江：长江从南京至入海口这段河流的旧称。

② 回从：曲意顺从。

③ 磁针石：指南针。

④ 南方：指南宋王朝。

原文翻译

伴着狂风去北海漂游，漂泊数日回到扬子江头。我的心就像那一根磁针，不指向南方誓不罢休。

不指南方不肯休

元军与宋军的战争由来已久，作为爱国将领，文天祥使出浑身解数，为了国家的安宁而四处奔波。宋朝投降后，文天祥担任右丞相兼枢密使，作为使臣到元军中谈判。然而，他因与元军主帅伯颜争论而被拘捕。

文天祥身陷囹圄，好不容易趁着夜色逃了出来，颠沛流离，漂洋过海数日，躲过了元军的追杀，终于回到扬子江头。到了晚上，他的脑海中浮现出种种惊险的经历，一想到国家如今陷入内忧外患之中，敌人凶狠无比，严重威胁着国家的安定和人民的幸福，他便睡意全无，开始认真思考如何率兵抗击敌人之策。

不久后，文天祥调整状态，继续率军出征，在历北海经长江口南下之时，他又想起了上次被抓的经历，不由得感慨万分。他心中默想：我对宋朝的一片丹心，正像那永恒不变的磁针始终指向南方。无论遇到怎样的困难和挑战，我也绝对不会放弃，一定要战胜重重“拦路虎”，历尽万难也要回到南方重整山河，保卫大宋！

“我的理想一定会实现的！”文天祥看着滚滚而逝的江水，内心更

加坚定不移。他相信，自己的忠心耿耿、鞠躬尽瘁定会换来一个富强安定的国家，自己也会像广大百姓一样，感受安居乐业的幸福。

作者

文天祥（1236—1283），字履善，又字宋瑞，自号文山。南宋大臣、文学家。在宝祐四年（1256）参加科考并得第一，后踏入官场。他一直都在为抗元做努力，在祥兴元年（1278）时被元朝将领张弘范俘虏，有过三年牢狱之灾，但都没有屈服，最终英勇就义。

指南针

指南针，古称司南，为我国古代“四大发明”之一。在磁场的作用下，装在轴上的磁针可以自由转动，两边分别指示南北方向。指南针最开始用于祭祀和占卜，后来在航海、旅行以及军事等方面广泛使用。

写作小技巧

诗人以“磁针石”比喻忠于宋朝的一片丹心，表明自己一定会战胜重重困难，回到南方，重整山河，比喻十分新颖。

端午即事[①]

宋 · 文天祥

五月五日午，赠我一枝艾。
故人[②]不可见，新知[③]万里外。
丹心照夙昔[④]，鬓发日已改。
我欲从灵均[⑤]，三湘[⑥]隔辽海。

注音注释

① 即事：就眼前之事歌咏。

② 故人：指古人。

③ 新知：新交的朋友。

④ 夙昔：从前。

⑤ 灵均：指屈原。屈原，字灵均。

⑥ 三湘：指漓湘、潇湘、蒸湘，也泛指湖南地区。

原文翻译

五月五日端午节这天，你送给我一枝艾草。故去的人已看不见，新交的朋友又在万里外。从前为国忠心耿耿，现在已经满头斑白。我想追从屈原，但三湘被辽海阻隔，距离太遥远。

诗词故事

端午即事

南宋德祐二年（1276）正月，爱国将领文天祥担任临安知府，不久，宋皇便投降了。文天祥身为右丞相兼枢密使，作为使臣到元军中议和。但是，在与元军主帅争论的时候，主帅发怒而拘捕了他。文天祥好不容易脱身逃回去，却一度被谣言所诬陷，他感到无比痛心。

要知道，文天祥曾经把家里的全部资产作为军费，把自己的精力全部奉献给了国家。他在谈论国事时，总会痛哭流涕地说："以别人的快乐为快乐的人，也忧虑别人所忧虑的事情；以别人的衣食为衣食来源的人，应为别人的事而至死不辞！"

为了抗击元朝大军，文天祥呕心沥血，为国家出谋划策，冲锋在战斗一线，在战场上奋勇杀敌。即使宋朝投降了，他也恪守着对国家的忠诚。如今面对诋毁和陷害，他怎能甘心呢？

端午节到了，文天祥看着朋友赠给自己的艾草出了神，他想到那些已经死去的故人和远在万里的朋友，内心惆怅不已。如今的文天祥孤

苦伶仃，却无人理解他为国尽忠的碧血丹心，即使心力交瘁，他的初心也从来没有改变过啊！

文天祥不禁想起了一生爱国、永远保持高尚情操的屈原，他在国都被攻陷后自沉江中，始终未曾改变过气节。而自己也正像屈原一样，为了国难奔波劳碌，若是屈原活着，应该也能理解自己这一颗赤红、炽热的爱国之心吧？

端午节为何要插艾草？

“清明插柳，端午插艾”，插艾是端午节的习俗之一。艾，也叫作家艾、艾蒿，其茎叶带有奇特的香味，可以驱赶蚊虫，起到净化空气的作用。古人认为，在门口插艾草和蒲草，具有百福临门的美好寓意，可驱邪保平安。

写作小技巧

这首诗举了屈原的例子，表达作者为国难奔波却壮志不已的追求和志向。在写作中，通过以名人做榜样的形式表达情感，会让主题更加充实。

病起书怀

宋 · 陆游

病骨支离纱帽宽，孤臣万里客江干。
位卑未敢忘忧国，事定犹须待阖棺①。
天地神灵扶庙社，京华②父老望和銮③。
出师一表通今古，夜半挑灯更细看。

注音注释

① 阖（hé）棺：指死亡，这里有盖棺论定的意思。

② 京华：指京城。

③ 和銮（luán）：同“和鸾”。指古代车上放置的铃铛。

原文翻译

生病的躯体日渐消瘦，连纱帽都有些宽松，孤单地客居在万里之外的江边。职位低微却从不敢忘记为国事担忧，事情要等到有了结果才能盖棺论定。愿天地神灵保佑社稷，北方京城的百姓正盼望他们的君主收复河山。诸葛亮的《出师表》流传千古，半夜三更挑灯细细品读。

陆游的殷殷期待

夜幕降临，世界陷入了安静之中，只有那些在微风中沙沙作响的树叶，似乎在回忆着白天的热闹和繁忙。

陆游静静地躺在床上，辗转反侧，难以入眠。他已经五十二岁，被免官后病了二十多天，之后移居成都城西南的浣花村。如今，他大病初愈，因病消瘦，身体像纸片一样虚弱。

陆游客居江边，虽然自己遭遇南宋主和势力的诋毁，最终被贬官，深居江湖之远，一腔爱国热情无处释放，但他的心中仍然挂念着国家的大小事。他认为自己心胸坦荡、光明磊落，不到最后一刻永不会放弃，相信历史一定会给自己一个公平的交代。

连年战争严重扰乱了国家安宁，北方的百姓颠沛流离，日日夜夜盼望着重回安定的生活。陆游何尝不希望如此呢？他每天都向天地神灵祈祷着，希望神灵能够保佑老百姓远离战火，过上和平的日子。

只可惜，自己被贬，即使心中满怀报国志向和爱国热忱，也没有机会施展出来。他只能披衣起床，点亮一盏油灯，朗读着诸葛亮的《出师表》。

三国时期，蜀汉丞相诸葛亮在北伐中原之前给后主刘禅上书《出师表》，阐述了北伐的必要性，言辞恳切，忠诚之心天地可鉴。陆游多么希望皇帝能够早日悟出“出师一表通今古”的道理，明白自己的一颗赤诚之心！

百科小贴士

出师表

历史上有《前出师表》和《后出师表》，而《出师表》一般指前者。其作者为蜀汉丞相诸葛亮，内容是诸葛亮向后主刘禅阐明了北伐的重要性和必要性，同时寄托了诸葛亮对后主刘禅治国的期望，表达了自己对刘禅的忠诚之心。

盖棺论定

“盖棺论定”是一个成语，指一个人的是非功过到死后才能做出结论。如：从迄今获得的证据来看，是否存在欺诈行为，尚无法盖棺论定。

写作小技巧

“病骨支离纱帽宽”一句描写作者因病消瘦的状态。形容一个人消瘦，可以直接描写“骨瘦如柴”，也可以通过侧面描写如“衣衫更加宽松”“一阵风吹来，身体摇摇晃晃”等来体现。

过零丁洋[①]

宋 · 文天祥

辛苦遭逢[②]起一经[③]，干戈[④]寥落四周星[⑤]。
山河破碎风飘絮，身世浮沉雨打萍。
惶恐滩[⑥]头说惶恐，零丁洋里叹零丁。
人生自古谁无死？留取丹心照汗青。

注音注释

① 零丁洋：即伶仃洋。是位于今广东省珠江口外的水域。

② 遭逢：遭遇。

③ 起一经：因精通某种经书，被朝廷起用做官。

④ 干戈：指战争。

⑤ 四周星：四年。从起兵到兵败，前后有四年。

⑥ 惶恐滩：赣江中的险滩，在今江西省万安境内。

原文翻译

回想我早年科举入仕历尽辛苦，如今战火消歇已经过了四年。国家的局势似那狂风中的柳絮般危急，自己身世坎坷如雨中浮萍。我在惶恐滩头感到惶恐，可叹我在零丁洋身陷元虏，孤苦无依。自古以来

有谁能免于一死呢？即使死了，我为国尽忠的心也要光耀青史。

留取丹心照汗青

南宋祥兴元年（1278），文天祥在广东省海丰县北五坡岭因抗元兵败被俘，被押到了船上。次年过零丁洋时，文天祥想到自己身陷囹圄的处境，回想起自己坎坷的一生，内心悲凉万分。

文天祥很有才华，因为精通圣人著作，他通过科举考试而被朝廷起用。他始终抱有爱国志向，一心要为国家做贡献。时间过得好快，文天祥于 1275 年起兵勤王，至 1278 年被俘，恰好四个年头。

可如今，国家战乱不断，局势十分危急。朝廷弃守临安，恭帝赵㬎被俘，文天祥、张世杰等人拥立的端宗赵昰在逃难中惊悸而死，陆秀夫复立八岁的赵昺建行宫于崖山，各处流亡，国家山河就像飘飞的柳絮般破碎不堪。文天祥自己被抓，母亲被俘、妻妾被囚、大儿丧亡，他内心担忧不已，却又无可奈何。

文天祥回忆起昔日自己起兵勤王时曾路过惶恐滩边，在此地忧国忧民、诚惶诚恐，如今他在零丁洋上孤苦伶仃，也许再也无法完成守土复国的使命，可他从未改变过自己的初心。

深陷此境，文天祥写下了《过零丁洋》。被押解至崖山后，张弘范逼迫他写信招降固守崖山的张世杰、陆秀夫等人，文天祥出示此诗以明

志。他舍生取义的民族气节激励和感召着古往今来无数的志士仁人为正义事业英勇献身，也让《过零丁洋》成了流传千古的名篇。

汗青

在纸张未出现之前，人们都是用竹简来记录文字的，为了方便刻写，同时预防虫蛀，竹简在使用之前都会用火加热，来蒸发掉多余的水分，这就是汗青。后来，人们用汗青指代书籍。

写作小技巧

“山河破碎风飘絮，身世浮沉雨打萍”用了比喻的修辞手法，写出了国家的危急局势和作者坎坷的身世，十分生动形象。“人生自古谁无死？留取丹心照汗青”是表达爱国情怀的经典名句，可以引用到作文中。

永遇乐·京口[①]北固亭怀古

宋·辛弃疾

千古江山，英雄无觅孙仲谋[②]处。舞榭歌台，风流总被雨打风吹去。斜阳草树，寻常巷陌，人道寄奴[③]曾住。想当年，金戈铁马，气吞万里如虎。

元嘉草草[④]，封狼居胥[⑤]，赢得仓皇北顾。四十三年，望中犹记，烽火扬州路。可堪回首，佛狸祠下，一片神鸦社鼓。凭谁问：廉颇[⑥]老矣，尚能饭否？

注音注释

① **京口**：古城名，今江苏镇江。

② **孙仲谋**：三国时的吴王孙权，字仲谋，曾在京口建都。

③ **寄奴**：南朝宋武帝刘裕的小名。他曾住在京口。

④ **草草**：轻率。

⑤ **封狼居胥**：汉武帝时，霍去病北伐匈奴，后登上狼居胥山祭祀，表示战争胜利。

⑥ **廉颇**：战国时赵国的大将。

原文翻译

在这历史长河中，再也找不到像孙权一样的英雄人士。当年的舞榭歌台还在，但英雄人物早已消逝，成为历史。斜阳透过草树照耀着普通小巷，这是刘裕曾住的地方。遥想当年，他指挥军马，气势如猛虎一般！

元嘉帝为了建立战功，曾轻率派兵北伐，最终落荒而逃。如今，四十三年过去，向北望去，眼前还浮现出扬州狼烟四起的场景。真是不堪回首，当年拓跋焘的行宫外，乌鸦吃着祭品，人们过着社日，擂动大鼓，只把佛狸祠当作普通寺庙。此时又有谁问：廉颇老了，自己还能吃饭吗？

诗词故事

北固亭上的愁思

宋宁宗开禧元年（1205），六十六岁的辛弃疾在一年前被起用为浙东安抚使，但是他的意见并没有引起南宋当权者的重视，他感到报国无门，内心十分苦闷。

京口北固亭是辛弃疾常来的地方，这天他又来到北固亭散心。他遥望着祖国的壮丽山河，不由得想起了三国时期吴国的国主孙权，足智多谋，胸襟宽广，战功赫赫，称霸江东；南朝宋武帝刘裕曾世居京口，想当年骑着威武的战马，身披坚硬的铠甲，刀枪在空中挥舞，是那么威

武霸气。

可是时代变迁，像孙权那样的英雄豪杰已经无处寻觅，刘裕的住所也变成了长满草树的普通小巷。时光就像滔滔江水一般带走了历史英雄的丰功伟绩，没有留一分情面。

而如今，皇帝昏庸，奸臣当道，战火连天，辛弃疾看不到收复故国的希望，自己想要大展才华、建功立业，却屡屡遭到贬谪，壮志难酬，心中无比惆怅。

辛弃疾想到元嘉二十七年（450），刘宋文帝命王玄谟北伐拓跋氏，由于准备不足，又贪功冒进，最终大败，被北魏太武帝拓跋焘乘胜追至长江边，并扬言欲渡长江攻刘宋。辛弃疾登楼北望，深悔不已，他多想告诉主战派权臣韩侂胄不要草率出兵，要做好完全准备再出兵征战啊！

四十三年前，完颜亮发兵南侵，曾以扬州作为渡江基地，而且也曾驻扎在佛狸祠所在的瓜步山上。金国与宋朝战事不绝，可如今中原早已风平浪静，沦陷区的人民已经安于异族的统治，甚至对异族君主顶礼膜拜，真是令人心痛！

如今国家江山动摇，面临着内忧外患，但辛弃疾始终对朝廷忠心耿耿。他希望有一天，朝廷能够给他机会奔赴疆场、抗金杀敌，就像当年的大将廉颇一样老当益壮，做出巨大贡献。

佛狸祠

佛（bì）狸是北魏太武帝拓跋焘的小名。拓跋焘在打败王玄谟的军队之后，乘胜追击，到达长江北岸，在瓜步山（今江苏南京六合区东南）上建立行宫，后人称之为“佛狸祠”。

廉颇

据史书记载，廉颇被罢免之后就到了魏国，之后，赵王想要重新用他，又担心他的身体状况不允许，便派使者去打探。这位使者调查之后发现，廉颇的身体状况良好，可担重任。可是他与廉颇有仇，回国之后对赵王说：“廉将军虽老，尚善饭，然与臣坐，顷之三遗矢矣。”意思是廉颇吃一顿饭就要上三次厕所。赵王听后，就认为廉颇已经上了年纪，便打消了重用廉颇的想法。

写作小技巧

这首词运用了许多典故来进行议论和抒情，而非进行直接叙述和描写，内容丰富，具有文化底蕴，议论更加有说服力。

立春日感怀

明 · 于谦

年去年来白发新，匆匆马上[1]又逢春。
关河[2]底事空留客？岁月无情不贷人。
一寸丹心图报国，两行清泪为思亲。
孤怀激烈难消遣，漫把金盘簇五辛[3]。

注音注释

① 马上：指在出征途中。

② 关河：此处指边塞。

③ 五辛：五种有辛味的蔬菜。

原文翻译

一年年循环往复，新生的白发接连不断，在出征途中，又一个春天到来。为什么长久留我在边塞？岁月太无情了，从来不饶人。一片忠心只想报国，每当想念亲人，就忍不住流下两行清泪。孤独的情绪十分激烈，难以排遣，就随意凑个五辛盘吃吧。

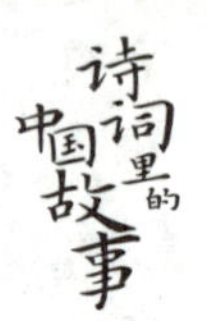

立春日感怀

新春已至，佳节来临。于谦睁开双眼，起身披衣来到镜子前，仔细端详自己的面容。他发现自己头上又多了几丝白发，不由得感慨时光荏苒，又一个春天不知不觉地到来了。

这是于谦击退瓦剌入侵后的第二年，他不得不羁留在边境，守护国土。想起此时此刻家人、朋友们应当相聚在一起共度佳节，不知他们推杯换盏、谈天说地时，是否会聊到远在边境的自己？

于谦在边境待了很长时间，眼见着脸上多了几分沧桑，鬓边染上了几分白霜，自己却抓不住时光，难免有些惆怅。于谦忠心耿耿，为了报效国家，他奉献出自己的青春，将汗水与泪水洒在土地上。他为官清廉，从不肯媚上欺下，获得了百姓的一致爱戴；他不畏强权，铲除奸党，始终以社稷安危为重；他性格刚强，恪守着高洁的气节，得罪了许多人也从不畏惧……他从不后悔自己的奉献，哪怕是牺牲自己的生命也在所不辞。

但是每逢佳节，于谦便会想起家中的父老乡亲，泪水便不禁流了下来。身在这遥远的边境，没有亲朋相伴，陌生的环境让人非常不适应，可这孤独的心情又有谁能够体会呢？

于谦深深地思念着家人，他准备了五种辛味菜，一边品尝美味，一边满怀对未来的期待。他希望国家早日回归和平，自己可以顺利回到家乡与家人团聚，感受国泰民安的幸福生活。

作者

于谦（1398—1457），字廷益，号节庵，明朝浙江杭州钱塘县人。天顺元年因“谋逆”罪被冤杀。谥曰“忠肃”。有《于忠肃集》。于谦与岳飞、张煌言并称“西湖三杰”。

五辛

晋代的《风土记》中记载：“元日造五辛盘。”五辛盘，也就是立春时节在盘中摆放五种味道辛辣的蔬菜。“辛”与“新”谐音，吃五辛盘代表着迎接新春。

写作小技巧

“一寸丹心图报国，两行清泪为思亲”一句感人肺腑，一边是为国家驻守边疆的信念，一边是对亲人朋友的思念，对比鲜明，更显作者爱国、思亲人之情。

己亥杂诗·其五

清 · 龚自珍

浩荡离愁白日斜，吟鞭[①]东指即天涯。
落红[②]不是无情物，化作春泥更护花。

注音注释

① 吟鞭：马鞭。

② 落红：落花。

原文翻译

无边的离愁浩浩荡荡地向日落西斜处延伸，马鞭向东一挥，前往天涯海角。落下的花瓣并不是无情之物，它化作春泥，呵护着美丽的春花。

化作春泥更护花

清道光十九年（1839），也就是鸦片战争的前一年，龚自珍已经四十八岁。当时清王朝统治腐朽，国内矛盾重重，龚自珍不满死气沉沉的衙门生活，便毅然辞职，准备离开这个是非之地。

离别的时候，正是日落时分，龚自珍回头望了一眼京城的方向，内心十分不舍。龚自珍对京城是有感情的。他虽然是浙江人，但是小时候在京城住过，又在京城当了十余年的官，京城早就成了他的第二故乡。可他仕途不顺、生活拮据，只能被迫离京。

好在本次旅途的终点是自己的家乡，龚自珍自此逃出了令人窒息的樊笼，即将拥抱外面的世界。他感到自己就像是一片飘飞的落花，随着自由的风翩翩起舞。离沉重的官场越来越远，他顿时感到一身轻松。

可是，在龚自珍的心中，脱离花枝的花并不是没有感情的，正如陆游所言："零落成泥碾作尘，只有香如故。"即使离开官场，但仍然心怀

报国之志，始终牵挂着国家的大小事。他想要回到家乡书院讲学，将自己的毕生所学传给学生，培育出无数仁人志士为国效力，用心呵护下一代的成长。也许，这就是自己最好的归宿吧！

诗词中的“落花”

自古以来，有关“落花”的诗词数不胜数。有不少的诗人常用人喻花：如杜牧的“落花犹似坠楼人”，将落花比作因情跳楼身亡的美人绿珠；又如刘克庄的“飘如迁客来过岭，坠似骚人去赴湘”，将飘零坠落的落花与被贬的韩愈和柳宗元等失意的有志之士联系起来。

写作小技巧

在古代诗词中，诗人喜欢用落花作为自然现象和象征韶光易逝的双重手法来显示相思之烈或别离之苦。在写作时，融入落日、落花、天涯、流水、浮萍、柳絮等意象，更能渲染出悲凉的气氛，抒发自身低落的情绪。

读陆放翁[①]集

近现代 · 梁启超

诗界千年靡靡[②]风，兵魂销尽国魂空。

集中什九[③]从军乐，亘古[④]男儿一放翁。

注音注释

① 陆放翁：南宋诗人陆游。

② 靡靡：孱弱不振作的样子。

③ 什九：十分之九。

④ 亘古：从古至今。

原文翻译

近千年的诗界风气一直都孱弱不振作，将士和国家的灵魂也在逐渐消亡。当看到陆游的诗集中十分之九的作品都在谈论从军之乐时，感慨陆游真是古今的好男儿啊！

雄心壮志如陆游

清朝后期，知识分子的出路越来越狭窄，只有通过科举，由学入仕，才被视为正途。青年学子不得不以全部精力去读四书五经，还要写下格式、内容都有严格要求的八股文章，以求通过科举考试。梁启超感到社会缺乏生气和枯燥无味，便萌发了改革的决心。

光绪十五年（1889），梁启超在广州参加乡试中举，名列第八，他的前途本是一片光明，但是此时，中国正遭受着帝国主义的野蛮蹂躏。1895 年，清廷与日本侵略者签订了丧权辱国的《马关条约》，国家形势岌岌可危。

面对严峻的形势，梁启超同康有为一起发动了著名的“公车上书”，邀集一千余名举人联名上书朝廷，要求拒和、迁都、实行变法，明确提出要学习西方资本主义国家的政治、经济、科学文化和教育制度。

但是，由于资产阶级维新派的力量过于弱小，没有掌握实权，又缺乏正确的理论指导和坚强的组织领导，最终导致 1898 年的“戊戌变法”失败。梁启超逃出北京，东渡日本，开始了他的流亡生活。

到日本后，梁启超并没有气馁，在闲暇时广读诗书。他认为，千百年来，诗坛柔弱不振，文学作品缺少刚强的战斗风，敢于为国家英勇献身的精神也逐渐消失。梁启超时常读陆游的诗集，越读越感到精神振奋。他不禁感慨：“很多人作诗议论从军的艰辛，只有陆游的诗歌充满了为国奋战的豪放之情，真是令人敬佩！”

梁启超始终倡导“诗界革命”，他认为好的文学能够振作民气，达到救国拯民的目的。若是诗歌始终保持渴望建功立业、至老不衰的高昂格调，那该有多好！自己虽然在海外颠沛流离，但是也想像陆游那样，发出振聋发聩的呼号，为改变国家内忧外患的现状贡献力量！

作者

梁启超（1873—1929），字卓如，一字任甫，号任公，又号饮冰室主人。清光绪年间中举，与其师康有为并称“康梁”，都是变法维新的倡导者和推动者。他还是戊戌变法的领袖之一，是我国近代维新派的重要代表之一，倡导过文体改良的“诗界革命”和“小说界革命”。其代表作有《饮冰室合集》。

梁启超的“精英”子女

梁启超的家庭是近现代历史上的“精英”家庭。梁启超一共有九个子女，每个子女都非常出色，是诗词专家、考古学家、陆军上校等。他的子女也十分爱国，抗战期间，其长子梁思成与夫人林徽因在四川过着贫困交迫的日子。当时有美国的大学和物理馆以高薪向他们抛出了橄榄枝，但他们都拒绝了，并表示：“我的祖国正在苦难中，我不能离开她。”

写作小技巧

所谓“靡靡风”和“兵魂销尽国魂空”都是在为下两句蓄势，突出陆游的爱国精神和昂扬气魄。前后对比鲜明，让主题更加突出。

烽火连三月，家书抵万金

春望

唐 · 杜甫

国破山河在，城春草木深。
感时①花溅泪，恨别鸟惊心。
烽火②连三月，家书抵万金。
白头搔更短，浑③欲不胜簪。

注音注释

① 感时：为时局而悲伤。

② 烽火：指战火。

③ 浑：简直。

原文翻译

国家破碎，山河依旧，春日长安城中草木疯长。为战败的时局而感伤，看到花开涕泗横流，听到鸟儿啼鸣就内心惆怅。连绵的战火已持续三月，家书难得，抵得上万两黄金。头上的白发越搔越短，简直到了插不住簪的地步。

春望

公元 755 年，安史之乱爆发，唐朝局势一片混乱。杨贵妃的哥哥杨国忠误导唐玄宗，把守潼关的哥舒翰派到关外攻打叛军大本营，不料中途哥舒翰被俘，安禄山便轻而易举地攻下了长安，唐玄宗出逃。

叛军进攻长安后，开始疯狂烧杀抢掠，曾经繁华壮丽的京都变成了废墟。百姓深受战争之害，杜甫也带着家人四处奔走，过着颠沛流离的生活。

唐肃宗至德元年（756）八月，杜甫将妻子安置在鄜（fū）州（今陕西省富县）羌村后，只身前往灵武（今属宁夏回族自治区）。不幸的是，杜甫在途中被俘，随后被押送到沦陷后的长安，不知不觉，已有半年时间。

记忆中长安的春天是何等繁华！春暖大地，草木茂盛，花红柳绿，踏青游春的人随处可见。可如今，国都已经沦陷，长安在战火中变得残破不堪。废墟上乱草丛生，在风中无力地摇摆着。放眼周边，人烟稀少，曾经在这里安居乐业的百姓又流浪到哪里去了呢？

看着眼前的这片废墟，杜甫心如刀绞，想起这战败的时局，不禁潸然泪下。战火连续不断，未来一片迷茫。如今，自己被扣留在敌营，消息隔绝，无法传递家书，也不知道家人的情况怎么样了。他多想知道家人的消息，哪怕只是报一个平安。

国家内忧外患，杜甫心中感到十分焦虑，不停地挠头徘徊。长时间的奔波和焦虑让他的头发更加稀疏。杜甫的声声叹息充满着痛苦和愁怨，他希望战争能够早日结束，这也是天下百姓的共同愿望。

簪

古代男女绾发用的器具，形如长针。簪子多用金属、骨头、玉石制成，有的会用一些珠宝装饰。古代男子也会留长发，成年之后，需要用簪子把头发固定在头顶上。后来，簪专指妇女绾髻的首饰。

写作小技巧

本诗最大的写作特色便是情景交融。前四句重在绘景（山河、草木、花鸟），但景中有情（破、深、溅泪、惊心），而且景中有意（感时、恨别）。后四句重在抒情，即借事抒情（断“家书”，搔“白头”），写作风格十分鲜明。

登楼

唐 · 杜甫

花近高楼伤客心[①]，万方多难此登临。
锦江春色来天地，玉垒[②]浮云变古今[③]。
北极[④]朝廷终不改，西山[⑤]寇盗莫相侵。
可怜后主还祠庙，日暮聊为《梁甫吟》[⑥]。

注音注释

① 客心：客居人的心。

② 玉垒：山名，位于今四川成都西北。

③ 变古今：同古今一起变化。

④ 北极：北极星，这里指代朝廷。

⑤ 西山：指今四川西部当时和吐蕃交界地区的雪山。

⑥ 梁甫吟：传说诸葛亮曾在南阳耕种，喜欢吟诵《梁甫吟》。

原文翻译

靠近高楼的繁花让远离家乡的游子十分伤心，国家经历危难时，我登楼观览。锦江两岸满是蓬勃春色，世事如玉垒山上的浮云一般变幻不定。朝廷如同北极星一样不可改换，西山贼寇不要再来侵扰。可叹

蜀后主刘禅那样的庸君死后人们仍然在祠庙中供奉他，我只能在黄昏时吟诵《梁甫吟》。

登楼

唐广德元年（763），吐蕃攻占长安，唐代宗被迫出逃。广德二年（764）春，杜甫已在四川居住了五年。

在一个春天，杜甫登上高楼，看到繁花似锦、生机勃勃的景象，却感到黯然心伤——如今国家内忧外患，社会动荡不安，百姓流离失所，怎能不令人担忧呢？

虽然国家战争不断，大唐王朝风雨飘摇，但是唐代宗又回到了长安。对于虎视眈眈的吐蕃，杜甫还是满怀胜利的信念，对未来充满了希望。

杜甫伫立楼头，徘徊沉吟，不知不觉已到日暮时分。他依稀看到城南的先主庙、后主祠，不由得想起亡国后主刘禅。想当年，刘禅在位四十多年，曾拜诸葛亮为相父，却因为昏庸无能，过分宠信黄皓，使蜀汉政权逐渐衰弱，最终走向灭亡。想到这里，杜甫不禁叹息道：“那亡国昏君何德何能，竟然也跟诸葛亮一样专居祠庙！”

反观当下，唐代宗李豫重用宦官程元振、鱼朝恩，造成国事维艰、吐蕃入侵的局面，同刘禅亡国极其相似！而自己呢？虽然心怀报国之情，却济世无门。身处万里他乡，高楼落日，忧虑满怀，却只能靠吟

诗来聊以自遣，这是多么可悲啊！

吐蕃

吐蕃（tǔ bō），古代藏族政权，公元 7—9 世纪存在于青藏高原。第一代首领为松赞干布，第九代即最后一代首领为达磨，共历经两百多年历史。吐蕃的收入主要来源于农牧业，当地人种植小麦、青稞等，饲养牦牛、羊、马等。

北极星

北极星又名北辰，位于地球地轴的北端，距离地球大约有 400 光年。地球围绕地轴进行自转，北极星在地轴北部的延长线上，因此，我们肉眼所见的北极星一直在我们头顶北方，处于不动的状态，可以用来判断方向。

写作小技巧

流离他乡的诗人登楼观望，虽然繁花遍地，但诗人为国家的灾难重重而忧愁伤感，以乐景写哀情，感情表达更加强烈。

蚕妇

唐 · 杜荀鹤

粉色全无饥色加，岂知人世有荣华。

年年道我蚕辛苦，底事[①]浑身着苎麻？

注音注释

① 底事：为什么。

原文翻译

我面黄肌瘦，哪知道人世间有什么荣华富贵。年年都有人说我养蚕辛苦，为什么全身还穿着苎麻做的衣服？

可怜养蚕妇

蚕开始吐丝了，它们一个个昂着头、挺着胸，慢慢悠悠地晃来晃去，没完没了地吐着丝，仿佛肚子里的蚕丝永远抽不完、扯不断一样。

蚕妇看到这景象，心中感到十分欣慰。她刚开始养这些蚕的时候，

它们只是小小的、黑黑的幼虫。她每天起早贪黑，给这些蚕喂最新鲜的桑叶，密切关注它们的一举一动，直到它们吐出丝来，结出劳动的果实。而她根本顾不上休息，还要马不停蹄地开始缫丝，然后卖给富贵人家，换取微薄的收入。

此时正逢唐朝末年的动乱时期，藩镇割据，叛乱时起，人民的苦难生活与不幸遭遇简直无法言说。养蚕是那样辛苦，她经常睡不了一个整觉，年年贫苦的生活使她吃不饱、穿不暖，脸色蜡黄，皮肤没有一丝光泽。有人曾经问她："你养蚕这么辛苦，为什么还是总穿着破旧的衣服？"

每当这时，她都会苦笑着说："我身处偏僻的农村，卖丝换来的钱还不够生活的呢！"她也羡慕达官贵人身上穿的绫罗绸缎，可是自己养

一辈子蚕，连日常温饱都满足不了，又哪里有能力穿上这美丽的丝绸呢？她心里所想的，只是再多养一些蚕、多抽一些丝罢了！

作者

杜荀鹤（846—904），字彦之，号九华山人，池州石埭（今安徽省石台县）人。唐大顺年间进士，以诗闻名，自成一家，尤长于宫词。

苎麻

苎麻在我国有几千年的栽培历史，是我国古代重要作物之一。其根和叶可以制成中草药；种子榨油，还可以作为肥皂的制造原料。苎麻的茎皮拥有细长且有韧性的纤维组织，表面洁白，弹性好，韧性强，因此被用来制作衣服等。

写作小技巧

辛苦养蚕，身上穿的却是苎麻做的衣服。这能让人联想到富贵人家不用劳动，却能穿上蚕丝做成的衣服。二者对比鲜明，更体现出养蚕人的艰辛。

悯[1]农二首

唐 · 李绅

春种一粒粟，秋收万颗子[2]。
四海[3]无闲田，农夫犹饿死。

锄禾[4]日当午，汗滴禾下土。
谁知盘中餐，粒粒皆辛苦。

注音注释

① 悯：怜悯。

② 子：指粮食。

③ 四海：指天下。

④ 禾：指谷类植物。

原文翻译

春天只要播下一粒种子，秋天就可收获很多粮食。天下没有荒废的田地，却仍有农民饿死。

炎热的中午，农民还在劳作，汗珠都滴入了泥土。有谁想到，我们碗中的饭，一粒一粒都是农民辛苦劳动得来的！

粒粒皆辛苦

温暖的春风拂过，大地上一片生机勃勃的景象。“一年之计在于春，一日之计在于晨”，每天公鸡刚刚“喔喔”啼叫，农民便起床穿衣，赶着被青草喂肥的老黄牛，带上农具来到田地中，开启一天辛勤的劳作。

农民在熟悉的土地上挥汗如雨，松土、耕田、播种……一道道工序有条不紊地进行着。他们眼中没有美丽的山水景色，只有黑黝黝的土地，秋天的丰收就是他们劳作的动力。

到了夏天，火辣辣的太阳毫不留情地炙烤着大地上的一切，世界仿佛被一个巨大的蒸笼笼罩着。农民们用细竹条编成斗笠戴在头上，可依然无法遮挡刺眼的阳光。农民们黝黑的脸上布满了晶莹的汗珠，他们时不时地抬起手臂，用袖子抹去脸上的汗水。

到了秋天收获的季节，农民又开始忙碌起来，他们在田地里收割，再经过层层加工，一粒粒饱满的粮食便运送到人们的餐桌上。每一碗饭、每一道菜都凝结着农民辛勤的汗水。田地从未被荒废过，可是依然有农民饿死。

这便是李绅笔下的农民形象。除此之外，唐朝的白居易也曾写过

一首《卖炭翁》。中唐时期，宦官专权，横行无忌，常有数百人分布在长安东、西两市及热闹的街坊，以低价强购货物，“半匹红绡一丈绫”便抢走了卖炭翁冒着严寒千辛万苦烧成的千余斤木炭，卖炭翁所希望的一切全都化为泡影！

勤劳的百姓为富贵人家创造了美好的生活，但是自己生活得困窘不堪。可许多富贵人家却不珍惜这来之不易的成果，铺张浪费，真是可悲可叹可气！

百科小贴士

作者

李绅（772—846），字公垂。唐元和元年（806）进士及第，与元稹、白居易交游甚密。他是“新乐府运动”的参与者。

写作小技巧

开头写“一粒粟”化为“万颗子”，具体而形象地描绘了丰收，又从“四海无闲田”的大丰收景象里看到“农夫犹饿死”的残酷现实，形成鲜明的对比。语言朴实无华，浅显易懂，却十分感人。

金陵五题·石头城

唐·刘禹锡

山围故国[①]周遭[②]在，潮打空城寂寞回。
淮水[③]东边旧时月，夜深还过女墙[④]来。

注音注释

① 故国：即旧都。石头城建成后，曾是六朝国都。

② 周遭：环绕。

③ 淮水：指横穿石头城而过的秦淮河。

④ 女墙：指城墙上呈凹凸形的矮墙。

原文翻译

连绵的群山依旧环绕着废弃的故都，潮水拍打着空寂的城。秦淮河东边升起古老的圆月，半夜爬过城墙，窥探旧日的皇宫。

石头城之思

刘禹锡站在石头城前，陷入了沉思。

他该如何表达自己此时此刻的心情？城外的山高高耸立，将石头城团团包围。石头城外的长江向前奔腾而去，潮水裹挟着凉意，发出低沉的咆哮声。

曾经，这里是六朝的豪华之都。六朝承汉启唐，创造了极其辉煌灿烂的“六朝文明”，开创了中华文明新的历史纪元。秦淮河蜿蜒，两岸曾经尽是王公贵族游玩的场所，热闹的场景恍如昨日。如今，山河如旧，但是石头城已经满目疮痍，荒芜的城内长满了杂草，放眼望去，满是凄凉的景象。

一阵冷风吹过，刘禹锡从沉思中回过神来。他抬头仰望天空，淮水东边古老的圆月正静静凝视着他。

这是照耀过六朝之都的明月啊！此时此刻，它只是幽幽地散发着光辉，照耀着孤城的一砖一石、一草一木。它见证了一代又一代国家的衰亡更替，或许也在为那些灭亡的国家而叹息吧？

回望历史，六朝灭亡的重要原因便是统治者奢侈腐化、醉生梦死。如今，六朝灭亡的哀音依旧萦绕在夜空中，而大唐帝国也已日趋衰败，朝廷昏暗、权贵荒淫、宦官专权、藩镇割据，危机四伏。刘禹锡看着石头城破败的景象，他多希望唐朝统治者能明白前车之鉴，进而挽救唐朝衰败的局势啊！

作者

刘禹锡（772—842），字梦得，唐代文学家、哲学家，被人称作“诗豪”。他曾任监察御史，是王叔文政治改革集团的重要人物之一。

石头城

位于今南京市西清凉山上，由三国孙吴政权重建，被后人用来指代建业，吴、东晋、宋、齐、梁、陈六朝均建都于此。直到唐代，石头城被废弃。

写作小技巧

开头两句写江山如旧，江潮拍打石墙，但是城已荒废成了古迹。把石头城放到沉寂的群山、潮声、朦胧的月夜中，尤能显示出故国的没落荒凉。所以，写作中景物描写的作用十分重要。

虞美人·春花秋月何时了

五代·李煜

春花秋月何时了？往事知多少。小楼昨夜又东风，故国[①]不堪回首月明中。

雕栏玉砌[②]应犹在，只是朱颜改[③]。问君[④]能有几多愁？恰似一江春水向东流。

注音注释

① **故国**：指南唐。

② **雕栏玉砌**：刻有精美雕饰的栏杆和玉石砌成的台阶。这里指南唐宫殿。

③ **朱颜改**：容颜变得憔悴。

④ **君**：作者自称。

原文翻译

闲赏春花和秋月的美好时光什么时候结束，还记得多少从前发生过的事！昨夜小楼上又吹来了东风，在这皓月当空之夜，怎能忍受回忆故国的痛！

刻有精美雕饰的栏杆、玉石砌成的台阶如今应该还在，只是人的容颜不再年轻。要问我心中有多少哀愁，就像那一江春水滚滚东流，没有尽头。

亡国之君囚中思

宋太祖开宝八年（975），宋军攻破南唐都城金陵，李煜投降，南唐灭亡。李煜成为阶下囚，开启了难熬的苦难岁月。

不知不觉，春天又到来了，外面的世界是如此美好，可李煜不敢想，也不想看。回首往日，自己身为国君，虽然曾经重用旧臣、选拔人才，减免百姓税赋，可是自己对政治不感兴趣，只注重豪华的排场，喜欢写词作画，整天念佛，很少注重治国安邦之策以及边防守卫，甘愿贡物称臣，最终还是沦为阶下囚。

李煜在屋里又回想起南唐。这不知是他第几次回想起灭亡的故国！每当此时，他心中都充溢着无尽的悲痛——时光无法倒流，他知道自己是咎由自取，怨不得别人。李煜不想看到春花秋月的美景，怕想到过去的美好生活而徒增悲愁。尤其是到了夜深人静的时候，这种痛苦更是格外难熬。他翻来覆去，怎么都睡不着，只好呆呆坐着直到天明。

如今，一寸土地也不属于自己了，江山易主，物是人非，一切美好的事物都不复存在了。李煜满腹的愁恨无处诉说，他的胸膛一起一伏，那哀愁的情绪在心中汹涌翻腾，日日夜夜，无穷无尽。

最终，李煜写下这首《虞美人》，可他也因此丢了性命！根据宋代王铚的《默记》记载，李煜写好《虞美人》后，在寓所里命歌伎演唱他

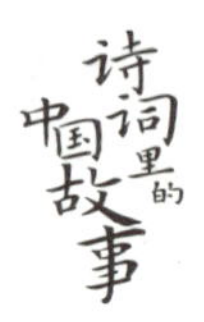

的新作，结果乐声传到院外，被人告知了宋太宗。宋太宗认为他“人还在心不死”，勃然大怒，赐李煜牵机毒酒，李煜的一生就此终结。

作者

李煜（937—978），南唐元宗（世称中主）李璟第六子，初名从嘉，字重光，号钟隐、莲峰居士，南唐最后一位国君。他精通书法、绘画与音律，在诗文方面也有一定的造诣，其中最出名的是词。

写作小技巧

“一江春水向东流”用满江的春水来比喻满腹的愁与恨，极为生动形象，显示了愁与恨的悠长和汹涌。用修辞手法深化感情，是很巧妙的写作手法。

题临安[①]邸[②]

宋·林升

山外青山楼外楼，西湖歌舞几时休？
暖风熏[③]得游人醉，直[④]把杭州作汴州[⑤]。

注音注释

① 临安：现在浙江省杭州市。金人攻陷北宋都城汴京后，宋高宗赵构在临安建立了南宋。

② 邸（dǐ）：旅店。

③ 熏（xūn）：吹，多用来描述温暖的风。

④ 直：简直。

⑤ 汴州：即汴京，今河南省开封市。

原文翻译

西湖周围山峦起伏，楼台座座，歌舞何时才会停止？暖暖的香风陶醉了享乐的贵族们，简直是把杭州当作昔日的汴京。

诗词故事

西湖歌舞几时休？

临安城外，青山重叠，绿意连绵，好一派生机勃勃的景象！林升来到临安城，看着鳞次栉比的亭台楼阁，以及西湖边无休无止的轻歌曼舞，他的内心充满了激愤与担忧。

北宋靖康二年（1127），金兵虏徽、钦二宗北去，赵构在南京应天府（治所在今河南省商丘市）即位，成为南宋第一位皇帝。但面对金人疯狂的侵略，赵构同宠臣汪伯彦、黄潜善等奸佞小人放弃中原向南逃去，宋朝的防御也因为赵构的仓皇出逃而全线崩盘。

赵构一路跌跌撞撞地逃到江南地区，只求苟且偏安，满足于当下，不想着如何收复失地，而是同金国签订了屈辱投降的“绍兴和议”，向金称臣纳贡。而其他达官贵人自然也只贪图享乐，认为休战求和是正确的，却忘记了国家曾经遭受的苦难。

眼下，游人们欣赏着西湖边美丽的景色，载歌载舞，欢声笑语不断，场面是那样庞大、热闹。和煦的春风拂过大地，万物都被暖意包围，而这风也裹挟着靡靡之音，冲昏了达官贵人们的头脑，他们高声笑着、闹着，完全忘记了金国的疯狂与国家破碎的伤痛。

宋朝原来建都于汴梁，如今故土已为金人侵占。纸醉金迷中，这些人简直已把杭州当成了故都汴京，却忘记了自己的国家正处于危难之中。林升的胸口一阵疼痛，这些永远“叫不醒”的人，是多么可悲可叹！

作者

林升（1163—1189），字云友，又字梦屏，南宋诗人。擅长写诗文，诗见《东瓯诗存》卷四。有一首诗记录在《西湖游览志余》中。

西湖

西湖，世界遗产之一，位于浙江省杭州市西部，三面环山，湖中还有白堤、苏堤、杨公堤等。从表面上看，湖被分隔成了五片区域。在湖心屹立着三座人造小岛，雷峰塔和保俶塔隔湖相映，形成了西湖“一山、二塔、三岛、三堤、五湖”的格局。

写作小技巧

“西湖歌舞”正是消磨抗金斗志的歌舞，作者运用反问的修辞手法，强化激愤之情。“暖风”一语双关，既指自然界的风，又指社会上的不良风气；“熏”“醉”两字把“游人们”的精神状态刻画得淋漓尽致。

菩萨蛮·书江西造口[①]壁

宋·辛弃疾

郁孤台下清江水，中间多少行人泪。西北望长安[②]，可怜无数山。

青山遮不住，毕竟东流去。江晚正愁予[③]，山深闻鹧鸪[④]。

注音注释

① 造口：即皂口，在江西省万安县。

② 长安：这里指北宋都城汴京。

③ 愁予：使我发愁。一作“愁余”。

④ 鹧鸪：一种鸟。

原文翻译

郁孤台下清江水滔滔，其中汇入了多少行人的眼泪。我举头眺望西北故都长安，可惜只看到无数青山。

但青山怎能把江水挡住？江水最终还是向东流淌。夜晚，我在江边满怀愁绪，突然听到深山传来鹧鸪悲伤的啼鸣声。

多少行人泪！

1175—1176 年，辛弃疾担任江西提点刑狱，经常巡回往返于湖南、江西等地。这天，他来到造口，站在郁孤台上向远方眺望，思绪不禁回到了几十年前……

1126 年，金兵攻陷汴京。将徽、钦二帝抓走北上。1127 年，赵构在南京应天府（治所在今河南省商丘市）即位，尊宋哲宗赵煦的皇后孟氏为"隆祐太后"，建立南宋政权。

宋高宗建炎三年（1129），金兵南下攻入江西，隆祐太后从南昌仓皇而逃，金兵一直深入造口，太后在造口弃船登陆，逃往赣州。

只见江水滔滔不绝地向远处奔腾而去，翻涌着数不尽的浪花，气势磅礴，可辛弃疾却感到格外悲怆。时光荏苒，不知不觉已经四十七年，而如今中原尚未收复，国家山河破碎，多少人思念故国旧土，流下无数伤心的眼泪，真是令人忧伤！

辛弃疾向长安的方向望去，看到那滚滚而逝的江水在青山之间穿行，不停地向东流去。曾经，杜甫写过"众流归海意，万国奉君心"的诗句，这青山正像是入侵的敌人，却始终阻挡不了浩浩不息的江水。辛弃疾相信抗金事业也会克服一切阻力，最终取得胜利。然而，想到现实面临的重重阻力，辛弃疾又愁绪满怀，他多想改变危急的时局，却又无可奈何！

不知不觉已到傍晚时分，辛弃疾在江边徘徊，矛盾的心情终究无

法化解。大山的深处传来声声鹧鸪鸟的哀鸣，更加重了辛弃疾的愁绪——未来将何去何从啊……

郁孤台

郁孤台，位于今江西赣州市西北部贺兰山顶，海拔 131 米。它取名于“隆阜郁然，孤起平地数丈”。郁孤台是我国市级文物保护单位，同时也是我国第一批省级重点风景名胜区点之一。

鹧鸪

鹧鸪，分布于中国、印度、泰国等地，其啼叫声犹如“行不得也哥哥”，较为凄苦，容易让人产生思念之情。鹧鸪一般都是雌雄一唱一和，因此又有夫唱妇随的寓意。

写作小技巧

作者写视线被无数山遮住，用来比喻收复中原的壮志受到阻碍；写浩浩荡荡的江水，比喻勇往直前的抗金力量。在描写景物之时抒发感情，可使形象更加生动，感情表达深切动人，令人感到意味深长。

渔家傲·秋思

宋·范仲淹

塞下①秋来风景异，衡阳雁去②无留意。四面边声③连角起，千嶂④里，长烟落日孤城闭。

浊酒一杯家万里，燕然未勒⑤归无计。羌管悠悠霜满地，人不寐，将军白发征夫泪。

注音注释

① 塞下：要塞之地。此处指西北边疆。

② 衡阳雁去：传说秋天大雁南飞，到了湖南省衡阳市回雁峰就停下，不再向南飞。

③ 边声：边塞特有的声音，如号角声、羌笛声，等等。

④ 千嶂：像屏障一般的崇山峻岭。

⑤ 燕然未勒：指边患未平定，功名未建立。

原文翻译

一到秋天，西北边塞的风光就会非常奇特，雁群向衡阳飞去，毫无留恋之意。边塞特有的各种声音响了起来。在重峦叠嶂里，夕阳斜照，青烟升腾，孤城紧闭。

饮一杯浊酒，想起与家乡相隔万里，眼下战事未平，功名尚未建立，不知何时才能归家。远方羌笛声悠扬，霜雪铺满大地，将士们久久难以入睡，将军白了头发，士兵们不禁流下了思乡的眼泪。

塞外秋思

塞外秋天的风景格外奇特，寒风萧瑟，草木凋零，四处一片荒凉。就连大雁都展翅向南奋飞，恨不得离这个地方越远越好。

四周层峦叠嶂，像是密不透风的巨大屏风，炊烟和暮霭在山间交融，形成一片雾气。正值傍晚，夕阳西下，落日余晖洒落在孤城上，孤城的城门紧紧关闭，看到此情此景，范仲淹不免长叹一声。

宋朝自建立之后，边疆长期疏于警戒。宝元元年（1038），西夏李元昊称帝，与宋朝的外交关系正式破裂。为逼迫宋朝承认西夏的地位，李元昊率兵进犯北宋边境。宋廷调兵遣将，扬声讨伐，但是每战辄败。

宋仁宗年间，范仲淹被朝廷派往西北前线，承担起北宋西北边疆的防卫重任，他更改了军队旧制，加强军队训练，并积极修筑防御工事。因不敢贸然出击，所以，一到傍晚，城门便重重关闭，也实在是无奈之举。

夕阳静静地沉在山峰下，黑沉沉的夜幕已然拉开，边塞的军人们一边喝着浊酒，一边思念着远方的家人。想当年，东汉将军窦宪痛击进犯的匈奴，“登燕然山去塞三千余里，刻石勒功”而还。如今，抗敌大业还没有完成，守卫边塞的军人们为了国家的安定，坚定地驻扎在边疆。

庆历二年（1042），李元昊分兵两路，再次大举攻宋，获胜后挥师南下。范仲淹率领六千军队援救，西夏军队撤出边塞。后李元昊请求议和，边境才回归平静。

时隔多年，范仲淹的耳畔依旧会响起无数此起彼伏的声音，其中有号角声、狂风怒号声、萧萧马鸣声、幽怨的羌笛声……种种声音交会成一首奇特的交响乐，连同边塞征战的回忆，永远镌刻在他的心中。

作者

范仲淹（989—1052），字希文，北宋政治家、文学家。皇祐四年（1052），在上任途中病逝，年仅六十三岁。他一直秉持着“先天下之忧而忧，后天下之乐而乐”的思想，影响深远。其作品集有《范文正公集》。

羌管

羌管，即羌笛，羌族管乐器，发明于秦汉。其音色清脆而高亢，古人常用来描写边塞之声，是边塞诗作中比较常用的意象之一。

写作小技巧

千嶂、孤城、长烟、落日、“霜满地”，这是所见；边声、“羌管悠悠”，这是所闻。把眼睛看到的、耳朵听到的都连缀起来，展现出肃杀的战地风光。景物描写需要立足于视觉、听觉、味觉等多角度，方能更加生动形象，令人身临其境。

小重山·昨夜寒蛩不住鸣

宋·岳飞

昨夜寒蛩①不住鸣。惊回千里梦②，已三更。起来独自绕阶行。人悄悄，帘外月胧明③。

白首为功名④。旧山⑤松竹老，阻归程。欲将心事付瑶琴⑥。知音少，弦断有谁听？

注音注释

① 寒蛩（qióng）：深秋的蟋蟀。

② 千里梦：远征千里的梦。

③ 月胧明：月光不明、朦朦胧胧的样子。

④ 功名：此指击败金兵，建功立业。

⑤ 旧山：家乡的山，丢失的旧山河。

⑥ 瑶（yáo）琴：一种装饰了美玉的乐器。

原文翻译

昨天晚上，深秋的蟋蟀不住地鸣叫，将我从远征故土的梦境中惊醒，已是半夜三更时分。起来独自绕着台阶散步。四周十分安静，帘外，一轮淡月朦朦胧胧。

为抵御金兵入侵、收复旧山河，白发早早地就冒了出来。故土的松、竹已变老，无奈归程被阻断。想把满腹心事付与瑶琴，但知音难觅。纵然琴弦弹断，又有谁来听呢？

黄粱一梦

对面的金兵挥舞着武器杀过来了！岳飞大吼一声，骑着快马冲上前去，一时间，刀光剑影、血肉飞溅，他一连斩杀多个敌兵，好痛快！金兵节节败退，乱成一锅粥，岳飞带领军队乘胜追击，把金兵打得落花流水。

突然，岳飞从睡梦中惊醒，眼前哪里有什么金戈铁马，耳边只有不住鸣叫的蟋蟀声。原来，刚才在沙场上英勇克敌的激烈场景，只是一场梦。

此时，人们早已进入了梦乡，只有岳飞愁绪满怀。他早早从军，与金兵浴血奋战，多年来，他一直想要收复中原，为国家建功立业。可是，宋高宗赵构一意“屈己求和”，重用秦桧，并令其与金接通关系。金人十分傲慢，不称“宋朝”而称“江南”，不说“议和”而说“诏谕”，完全把南宋置于藩属地位。也有不少大臣对和议一事表示坚决反对，然而这些主战派人物如枢密副使王庶、枢密院编修胡铨等，都遭到贬谪甚至杀害。

宋高宗赵构以及朝内的主和派对岳飞的计划大加干涉和阻挠，奸臣秦桧迎合赵构的旨意，把自己的亲信安插在重要位置上，想要实现卖国求荣的罪恶目的。这对于胸怀一颗爱国之心的岳飞来说，一腔悲愤无处化解！

已经是三更时分，清冷的月光洒在地面上，蟋蟀正在小声呜咽，凄清的鸣叫声让岳飞的心情更加低落。岳飞披衣起身，独自绕着台阶徘徊，夜风轻轻吹着，却怎么都吹不散岳飞满怀的愁绪……

蟋蟀

蟋蟀，又名促织，俗名蛐蛐、夜鸣虫、将军虫、秋虫等，雄蟋喜好鸣叫与角斗。古代诗词中，常用它来表达悲秋之情、思乡之苦、生命之忧等愁苦情绪。

高山流水

传说先秦时，琴师伯牙在荒野中弹琴时，刚好被樵夫钟子期听到。钟子期听出了琴声中的山水之音，于是二人成为知己。钟子期去世后，伯牙便失去了知音，于是摔琴断弦，表示没了知音，这一生都不会弹琴。后来人们常用“高山流水”来说明相知可贵、知音难寻。

写作小技巧

“昨夜寒蛩不住鸣。惊回千里梦，已三更”，山河飘摇，家国残破，深秋蟋蟀的鸣叫更让人感到悲愤。而词人在睡梦之中也不忘收复中原，生动形象地表达出了拳拳爱国之情。“做梦都不忘……”的描述让感情更加强烈。

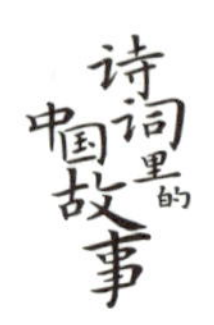

朝天子[①] · 咏喇叭

明 · 王磐

喇叭，唢呐[②]，曲儿小腔儿大。

官船往来乱如麻，全仗你抬声价。

军听了军愁，民听了民怕。哪里去辨甚么真共假？

眼见的吹翻了这家，吹伤了那家，只吹的水尽鹅飞罢[③]！

注音注释

① 朝天子：曲牌名。

② 唢呐：一种乐器，与喇叭相似。这里喇叭和唢呐都隐指宦官。

③ 水尽鹅飞罢：比喻百姓财产被搜刮干净，家破人亡。

原文翻译

喇叭和唢呐被吹响，曲调虽短，声音却很大。官船在水面上来往乱如麻，全靠喇叭和唢呐来抬高身价。军人听了军人愁，百姓听了百姓怕。哪里还能分辨出真和假？眼睁睁看着这家倾家荡产，那家家破人亡，最终吹得水流干枯，鹅也飞走了。

令人胆寒的喇叭、唢呐

嘹亮的喇叭和唢呐声从远处传来，划破了高邮上空的宁静，王磐走出家门一看，果不其然，又是那些来往如麻的官船上的人在耀武扬威。

此时正值宦官专权的明朝正德年间。早期的宦官是专门侍奉皇帝及其家族成员的仆从，一般负责宫廷里的杂事，不能参与国家政务。但是，昏庸无能的皇帝总会为宦官专权提供罪恶的土壤，宦官们也会通过花言巧语来迷惑人心。

其中，最著名的宦官便是刘瑾。正德初年（1506），宦官刘瑾天天进献鹰犬、歌舞等戏法、各种玩意儿给明武宗，引诱明武宗出宫游玩，刘瑾也因此得以数次升迁。大权在握后，刘瑾在京城周边广置“皇庄”，夺人土地，欺压百姓。

在他的带动下，许多宦官飞扬跋扈、得意忘形，气焰十分嚣张，简直要比喇叭和唢呐的声音更张扬，他们行船时常吹号以壮大声势，令百姓苦不堪言。

想到这里，王磐冷笑一声——他们用喇叭、唢呐抬高身价，无非是为了装腔作势向百姓示威，掩盖自己内心的恐惧，维护自己的地位和利益罢了！

喇叭和唢呐声所到之处，大家都十分害怕。那些小人为了自己的利益剥削百姓，让百姓的生活陷入一片痛苦和黑暗中。多少家庭被喇叭、唢呐声“吹”得民穷财尽、家破人亡，这声音怎能不让人胆寒呢？

这宦官集团真是令人恨得咬牙切齿，可是身为底层百姓，却没有任何力量去对抗。他们只能默默地忍受着“苛政猛于虎”的剥削，暗自流泪。这样担惊受怕、痛苦不已的日子，什么时候才能结束啊？

作者

王磐（约 1470—1530），字鸿渐，江苏高邮人。明代散曲作家、画家，亦通医学。有“南曲之冠”之称。少年时，他比较抵触科举，没有参加过考试，也没有做过官，一直都纵享于山水诗画之间，常邀请文人雅士作诗唱和。

唢呐

唢呐，乐器，公元 3 世纪从东欧、西亚等地区传入我国，后发展成为中华民族管乐器之一。管身一般是用檀木或者花梨木制作，音色较为雄壮。高音唢呐具有极强的穿透力和感染力。经典的唢呐曲目为《百鸟朝凤》《一枝花》等。

写作小技巧

本小令语言通俗易懂，表面上反讽喇叭和唢呐，实际上借物抒怀，讽刺和揭露明代宦官狐假虎威、残害百姓的罪恶行径，表露了百姓的痛恨情绪。

别云间[1]

明 · 夏完淳

三年羁旅[2]客，今日又南冠[3]。
无限山河泪，谁言天地宽。
已知泉路近，欲别故乡难。
毅魄归来日，灵旗[4]空际看。

注音注释

① 云间：今上海市松江区，为作者的家乡。1647 年，作者在此被捕。

② 羁（jī）旅：客居他乡，生活漂泊。

③ 南冠（guān）：指被俘。

④ 灵旗：战旗。古代打仗前会祭旗，寓意旗开得胜。

原文翻译

为抗清兵辗转飘零已经三年，今天兵败被逮捕，成为阶下囚。眼见着山河破碎，我流下了伤心的泪水，事到如今，谁还能说天地很宽呢？我已经知道生命即将走到尽头，但一想到永别故乡心里就犯难。等我就义后魂魄归来的那天，定要看着后继者竖起战旗。

不屈不挠的夏完淳

士兵们即将押送几个囚犯前往南京，其中有一名囚犯格外引人注目，他虽然衣衫破旧，头发凌乱，却遮不住眼睛里坚定不移的炯炯目光。他，便是夏完淳。

清顺治三年（1646），夏完淳与几个兄弟歃血为盟，共谋复明大业，但最终被清廷发觉，遭到逮捕，如今成为阶下囚。从起兵到兵败被俘，夏完淳经历了辗转飘零、艰苦卓绝的三年抗清斗争，个中滋味，只有他自己能懂。

夏完淳想到大明江山支离破碎、满目疮痍，自己心怀复国之志，却壮志未酬、身落敌手，一腔复国理想成为泡影，恢复故土、重整山河的爱国愿望最终落空。想到这里，夏完淳泪流满面。

夏完淳知道，这次自己恐怕是凶多吉少，生命即将终结，可他心中还是放不下故乡与亲人。他的父亲起义失败，为国捐躯，自己是家中唯一的男孩，一直致力于抗清斗争，未能对母亲尽孝，也未有时间陪伴新婚妻子。如今，他即将踏上黄泉路，诸多缺憾已经无法弥补，愧疚、依恋、遗憾……夏完淳心中百味杂陈。

夏完淳毅然决然地踏上英勇就义的道路。虽然生前没有完成心中的理想，但他希望死了之后，还能看到后继者恢复大明江山。想到这

里，他的嘴角浮现出一丝微笑，脚下的步伐更加坚定，他感到，赴死的道路不再漫长！

作者

夏完淳（1631—1647），原名复，字存古，明末抗清将领、诗人。在抗清失败之后，他被关进了监狱，狱中给母亲和妻子写了一首绝命诗。在行刑时，他毫不畏惧，年仅16岁。

南冠

“南冠”语出《左传》。楚人钟仪成为俘虏后，其头上还戴着楚国的帽子，晋侯见之便问：“南冠而絷（zhí，拘囚之意）者，谁也？”因此，后来人们常用“南冠”代指被俘。

写作小技巧

“无限山河泪，谁言天地宽”抒写了诗人满腔悲愤，忍不住向上苍发出质问与诘责。在写作中运用问句，能够让感情表达得更加强烈。

狱中题壁

清 · 谭嗣同

望门投止[①]思张俭[②]，忍死[③]须臾待杜根[④]。
我自横刀[⑤]向天笑，去留肝胆两昆仑。

注音注释

① 投止：投宿。

② 张俭：东汉人。弹劾宦官侯览被反诬，被太学生敬仰。后来党锢之祸再起，四处逃命，投宿时人们因他的名声均不畏牵连，愿意接纳。

③ 忍死：装死。

④ 杜根：东汉人。汉安帝时邓太后摄政，他上书要求还政，太后大怒，命人袋装之而摔死。行刑者敬佩杜根的为人，不用力，杜根终得逃脱。邓太后死后，复官为侍御史。

⑤ 横刀：屠刀，指就义。

原文翻译

希望战友们在逃亡中投宿时，也能如张俭般受到众人保护；希望战友们能如杜根一样忍辱奋斗。屠刀架在脖子上，我自仰天大笑，因为去者和留者肝胆相照，如巍巍昆仑山一般。

去留肝胆两昆仑

19 世纪下半叶，资本主义迅速发展，英、美、法、德等国家相继侵略中国。中国遭受割地赔款、主权丧失等厄运，清政府统治岌岌可危。面对内忧外患，一些有先进思想的中国人开启了救国救民的道路。

康有为、梁启超、谭嗣同等人不断地宣传维新思想，倡导维新变法运动，开拓了知识分子的思路。1895 年，日本逼迫中国签订《马关条约》，康有为、梁启超组织一千三百多名举人联名上书光绪帝，提出练兵、变法的主张，但由于顽固派的阻挠，上书没有送到光绪帝的手中。

国内外形势愈发严峻。1898 年，光绪帝颁布《定国是诏》，正式开启变法。但是由于清政府中的守旧派不能容忍变法运动的开展，他们极力阻挠，最终变法失败。慈禧太后囚禁光绪帝，康有为、梁启超逃跑，而谭嗣同与战友们不幸被捕。

身处狱中，谭嗣同十分担忧康有为、梁启超等人的安危，他不停地向上天祈祷着。曾经，东汉末年的张俭因弹劾宦官被反诬“结党”，被迫逃亡。在逃亡中，凡接纳他投宿的人家均不畏牵连、乐于接待。谭嗣同多么希望康有为等人能像张俭一样，得到拥护变法人的接纳和保护。

谭嗣同又想到汉安帝时邓太后摄政，宦官专权，杜根上书要求太后还政，太后大怒，命人以袋装之而摔死。行刑者钦佩杜根的为人，没用力，之后偷偷将其释放。

如今，慈禧太后对变法志士做出了残暴打击，与邓太后的所作所为如出一辙。谭嗣同认为，虽然如今戊戌变法遭到重创，但是，仁人志士应当志存高远，暂时掩藏锋芒，等待再展宏图的大好时机。

面对清廷的屠刀，谭嗣同仰天大笑，他对死亡早有准备。在政变发生时，朋友们曾再三苦劝他到日本使馆躲避风险，但他断然拒绝。他抱着必死的决心，只为实现变法的理想。光绪帝对他有知遇之恩，他怎么能轻易放下一切仓皇出逃？更何况，若是自己的一腔热血能够点醒苟且偷安的人，也算是死得其所。无论是逃亡在外的康有为、梁启超，还是留下赴死的志士们，他们的目标都是一致的！

作者

谭嗣同（1865—1898），字复生，号壮飞，清末著名政治家、思想家，是维新变法和新政的倡导者。光绪二十四年（1898），他参加了戊戌变法，失败之后被杀，为“戊戌六君子”之一。

写作小技巧

全诗用典贴切精妙，“我自横刀向天笑，去留肝胆两昆仑”两句运用比喻手法，出语铿锵、气势高昂，展现出作者临危不惧的豪情。